詩

수요시식회

필사노트

김재우

국어 교사입니다. 시를 좋아하고 수요일마다 시를 나눕니다. 그리고 좋은 글을 필사합니다. 커피, 인도, 나무, 사색, 산책, 달리기, 여행, 테니스를 좋아합니다. 가끔 독립책방에 들릅니다. 언젠가는 동네 작은 책방지기가 되는 꿈을 꿉니다.

수요시식회 필사노트

초판 1쇄 발행 2022년 11월 11일
초판 4쇄 발행 2024년 4월 15일

엮은이 김재우
펴낸이 이형세
펴낸곳 테크빌교육(주)
제작 제이오 | **펴낸곳** 테크빌교육(주) | **주소** 서울시 강남구 언주로 551, 프라자빌딩 5층, 8층
전화 02-3442-7783(142) | **팩스** 02-3442-7793

ISBN 979-11-6346-166-1 03800

詩

수요시식회

필사노트

햇빛을 받은 꽃처럼
마음이 건강해지는
시 모음

김재우 엮음

테크빌교육

백석의 시를 필사했던 윤동주를 돌아보며

'필사'는 베껴 쓰는 것을 말합니다. 글을 베껴 쓰는 것이 도대체 무슨 의미가 있을까? 싶지만, 필사야말로 글쓰기의 시작이요, 글을 쓰기 위한 바탕이 됩니다. 더 나아가 나의 몸과 마음을 건강하게 해 줍니다.

한국인이 가장 좋아하는 시인 윤동주. 그도 필사를 했습니다. 윤동주는 그보다 다섯 살 위인 시인 백석을 동경했는데, 백석의 시집 《사슴》은 겨우 백 권만 만들어졌습니다. 윤동주는 그 시집을 갖고 싶었지만 그토록 갖고 싶었던 백석의 시집을 끝내 구하지 못했습니다. 곁에 끼고 두고두고 읽고 싶었던 백석의 시집. 결국 학교 도서관에서 빌려 시집 전체를 필사하기 시작합니다. 필사를 통해 윤동주는 백석의 작품을 온전히 이해했고, 윤동주의 작품 세계에 많은 영향을 끼치게 됩니다. 결국 한국인이 가장 좋아하는 시인으로 거듭나는 데 필사가 밑거름이 된 셈입니다.

그러나 저는 작가가 되고 싶어서 혹은 글을 잘 쓰고 싶어서 필사를 하는 것이 아닙니다. 책을 읽다가 만나는 좋은 글귀를 정리하고, 학생들과 수업에서 나누고 싶었기 때문입니다. 그런데 손글씨를 통해 하나하나 글자를 쓰며 의미를 되새겨보니 문장을 체득하게 되고, 작가가 어떤 마음이었는지도 느끼게 되었습니다. 그 과정 속에서 필사하는 시간은 나에게 집중하는 나만의 시간이 되었고 내면의 깊이를 들여다보며, 마음의 위안과 평화로움을 느끼게 되었습니다. 필사는 눈으로 보는 독서에서 한 걸음 더 나아가, 적극적이고 수준 높은 독서 활동인 셈입니다.

필사는 글과 친하도록 돕습니다. 직접 글을 쓰는 과정에서 문장과 단어의 의미를 올바르게 파악하고 더욱 깊게 이해할 수 있습니다. 그리고 작가의 생각과 메시지를 더 가까이 받을 수 있습니다. 필사를 통해 작품을 만나고 작가와 만납니다. 필사를 통해 윤동주도 만나고 백석과 김소월도 만납니다.

필사는 오롯이 나에게 집중하고 나를 돌아보는 시간을 갖게 해줍니다. 바쁘고 정신없이 살아가는 생활 속에서 온전히 나만의 시간을 갖기란 쉽지 않습니다. 필사하는 단 몇 분만큼은 모든 잡념을 잊고 글에 집중하게 됩니다. 글씨를 한 자 한 자 정성스레 쓰는 순간에도 마음이 다잡아지고, 글을 통해 느끼는 감정 속에서 내 삶과 연관지어 봅니다. 필사를 통해 더 좋은 내가 되도록 해줍니다.

필사는 손가락 운동을 통해 우리의 뇌를 자극해줍니다. 우리의 삶에 컴퓨터와 휴대폰이 떼려야 뗄 수 없는 관계가 된 이 시대에 펜을 쥐고 글을 쓰는 시간이 절대적으로 부족합니다. 가까운 사이에도 그 사람의 손글씨를 본 적이 없는 경우도 많습니다. 필사하는 동안 손가락에 힘이 들어가며, 뇌에 자극과 함께 건강한 신체활동을 돕게 됩니다. 필사를 통해 더 건강한 삶을 이어가게 됩니다.

필사로 글쓰기 실력을 키웠다던 어느 작가. 며느리들에게 자신의 책을 필사할 것을 권했던 소설가. 불경과 성경 필사를 수행의 과정으로 여긴 종교인들. 필사에는 분명 힘이 있습니다.

필사는 복잡하지 않습니다. 어렵지 않습니다. 크게 준비할 게 없습니다. 공책과 펜이 있고, 필사할 텍스트가 있다면 바로 시작할 수 있습니다. 모쪼록 이 책이 여러분들의 필사 시작에 출발점이 되었으면 좋겠습니다. 몸과 마음을 이롭게 하는 행복한 시간이 되기를 바랍니다.

마지막으로 이 책이 나오기까지 그동안 함께 시를 나누었던 학생들과 동료들, 그리고 늘 응원과 지지를 보내 주는 친구와 가족들, 이 책이 나올 수 있게 도움 주신 테크빌교육 분들께 감사의 인사를 전합니다.

10월 20일 김재우

수요일엔 시를 나눕니다

수요일엔 시를 나눕니다
아이들과도 나누고 동료들과도 나눕니다
시 한 편으로 시작하는 수요일은 마음이 말랑말랑해집니다
그래서 만들어진
'수요詩식회'

글들을 모아봅니다
읽은 책 중에서 길에서 만난 문장에서
오며가며 들은 것 인터넷에서 발견한 것
누군가가 이야기해준 것

여기저기 존재하는 수많은 글들
그중 내 마음속에 들어온 것을 공책에 적어봅니다
사각사각 소리 나는 연필로도 써보고
조용히 종이에 스며드는 플러스펜으로도 써보며
친구가 선물해준 만년필로도 써봅니다

차곡차곡 쌓인 공책의 글들을
주변 사람들과 나눠봅니다
참 다행입니다
유명 작가처럼 글을 잘 쓰지 못하지만
좋은 글을 찾아 함께 나눌 수 있어서요

잘 알려지지 않은 시인과 시를 좋아합니다
잘 알려진 시인의 잘 알려지지 않은 시를 좋아합니다
그것을 발견해 주변과 나누는 기쁨
마음이 따뜻해집니다

수요詩식회
마음과 몸이 건강해지는 시간이 됩니다

◆ 차례

필사 이야기 백석의 시를 필사했던 윤동주를 돌아보며 4

수요詩식회 수요일엔 시를 나눕니다 8

1st 햇빛이 말을 걸다 · 권대웅 16

2nd 나무가 말하였네 · 강은교 18

3rd 그리고 아무 말도 하지 않았다 · 전혜린 20

필사의 맛 시작이 반 22

4th 밀물 · 정끝별 24

5th 오월 · 피천득 26

6th 나는 기쁘다 · 천양희 28

7th 아름다움 · 법정 30

필사의 맛 감상 32

8th 호수 · 정지용 34

9th 어느 보통날 협재리에서 · 리모 김현길 36

10th 속도, 그 수레바퀴 밑에서 · 나희덕 38

11th 꽃 피는 해안선 • 여수 돌산도 향일암 · 김훈 40

필사의 맛 사진 42

12th 뿌리가 나무에게 · 이현주 44

13th 꽃나무 · 이상 48

14th 패랭이꽃 · 정습명 50

15th 꽃 · 이육사 **54**

16th 매화 · 김용준 **56**

17th 우화의 강 · 마종기 **58**

18th 해바라기의 비명碑銘
—청년 화가 L을 위하여 · 함형수 **62**

19th 바다와 나비 · 김기림 **64**

20th 새벽밥 · 김승희 **68**

21st 슬픈 환생 · 이운진 **70**

22nd 시를 쓰듯 · 제이 **74**

23rd 각자 자기가 있을 자리에 있다 · 이자현 **76**

24th 눈은 내리네 · 박용철 **80**

25th 가을 · 김현승 **82**

26th 단풍 · 백석 **84**

◇ **쉼**休**의 공간 88**

27th 풀잎 · 박성룡 **98**

28th 신록 예찬 · 이양하 **100**

29th 낙엽을 태우면서 · 이효석 **102**

필사의 맛
꽃과 나무의 시
—
52

필사의 맛
쉼
—
60

필사의 맛
영화처럼
—
66

필사의 맛
시 이어서 쓰기
—
78

필사의 맛
낭송
—
86

30th 김 선비 집을 찾아서訪金居士野居 · 정도전 106

31st 풀벌레들의 작은 귀를 생각함 · 김기택 108

32nd 검색이 아니라 사색이다 · 이어령 112

33rd '책'보다 '冊' · 이태준 114

34th 어린이 찬미 · 방정환 118

35th 그 사람을 가졌는가 · 함석헌 120

36th 세종어제훈민정음 · 세종 122

37th 세한도 · 김정희 126

38th 늙은 꽃 · 문정희 128

39th 오래된 기도 · 이문재 130

40th 돌에 · 함민복 134

41st 묘한 존재 · 이희승 136

42nd 덜 채워진 그릇 · 조남명 140

43rd 사랑하는 너에게 · 장영희 142

44th 사랑을 무게로 안 느끼게 · 박완서 144

45th 아버지의 지정석 · 김수환 146

46th 엄마야 누나야 · 김소월 148

필사의 맛 산책 — 104

필사의 맛 시시詩視한 여행 — 116

필사의 맛 명언 1 — 124

필사의 맛 명언 2 — 138

47th 성장 · 박수경 152

48th 조용한 일 · 김사인 154

49th 사랑하는 까닭 · 한용운 156

50th 지란지교를 꿈꾸며 · 유안진 158

51st 묵화墨畵 · 김종삼 162

52nd 어쩌면 너는 · 황경신 164

필사의 맛
동요
—
150

필사의 맛
소설
—
160

◇ 한 권의 필사를 마치며 172

◇ 쉼休의 공간 174

이 책과 함께한 작품들 184

◇ 필사, 함께 해요! 수요詩식회 188

◇ 필사 후기 190

수요일엔 시를 나눕니다

1st / 햇빛이 말을 걸다

권대웅

길을 걷는데

햇빛이 이마를 툭 건드린다

봄이야

그 말을 하나 하려고

수백 광년을 달려온 빛 하나가

내 이마를 건드리며 떨어진 것이다

나무 한 잎 피우려고

잠든 꽃잎의 눈꺼풀 깨우려고

지상에 내려오는 햇빛들

나에게 사명을 다하며 떨어진 햇빛을 보다가

문득 나는 이 세상의 모든 햇빛이

이야기를 한다는 것을 알았다

강물에게 나뭇잎에게 세상의 모든 플랑크톤들에게

말을 걸며 내려온다는 것을 알았다

반짝이며 날아가는 물방울들

초록으로 빨강으로 답하는 풀잎들 꽃들

눈부심으로 가득 차 서로 통하고 있었다

봄이야

라고 말하며 떨어지는 햇빛에 귀를 기울여본다

그의 소리를 듣고 푸른 귀 하나가

땅속에서 솟아오르고 있었다

《조금 쓸쓸했던 생의 한때》, 문학동네, 2003

어느 봄날 길을 걷는데, 정말로 이마가 제일 먼저 따뜻해집니다. 기분 좋은 봄볕입니다.

_____월 _____일 _____요일 수요詩식회

2nd / 나무가 말하였네

강은교

나무가 말하였네

나의 이 껍질은 빗방울이 앉게 하기 위해서

나의 이 껍질은 햇빛이 찾아오게 하기 위해서

나의 이 껍질은 구름이 앉게 하기 위해서

나의 이 껍질은 안개의 휘젓는 팔에

어쩌다 닿기 위해서

나의 이 껍질은 당신이 기대게 하기 위해서

당신 옆 하늘의

푸르고 늘씬한 허리를 위해서

《등불 하나가 걸어오네》, 문학동네, 1999

묵묵히 자리를 버티고 있는 나무는 늘 그 자리에 있습니다. 시간이 흘러 한 세대가 바뀌었어도 나무는 그 자리에 서 있습니다. 그동안 그 자리에서 많은 사람들을 만났고, 많은 것들을 보고 들었겠지요. 나무가 더 특별하게 느껴집니다. 나무도 사람도 사랑으로 자랍니다.

_____월 _____일 _____요일 수요詩식회

3rd / 그리고 아무 말도 하지 않았다 전혜린

지금 나는 아주 작은 것으로 만족한다. 한 권의 책이 맘에 들 때 또 내 맘에 드는 음악이 들려올 때, 마당에 핀 늦장미의 복잡하고도 엷은 색깔과 향기에 매혹될 때, 또 비가 조금씩 오는 거리를 혼자서 걸었을 때…… 나는 완전히 행복하다. 맛있는 음식, 진한 커피, 향기로운 포도주, 생각해보면 나를 기쁘게 해주는 것들이 너무 많다. …(중략)…
햇빛이 금빛으로 사치스럽게 그러나 숭고하게 쏟아지는 길을 걷는다는 일. 살고 있다는 사실 그것만으로도 나는 행복하다.

《그리고 아무 말도 하지 않았다》, 민서출판사, 2002

주변을 둘러봅니다. 새삼 아름다운 것들이 많고, 더불어 감사한 것들이 많습니다. 창으로 넘어오는 따뜻한 햇볕과 선선한 바람이 그렇고, 창밖의 초록초록 나뭇잎들. 그리고 좋은 시와 글들. 종이와 펜, 따뜻한 커피 한 잔이 그렇습니다.

_____월 _____일 _____요일 수요詩식회

필사의 맛 | 시작이 반

필사를 시작하셨습니다.

말로만 듣던 필사, 어떠한가요?

해볼 만하신가요?

'시작이 반'이라고 했습니다.

잘 하고 계십니다.

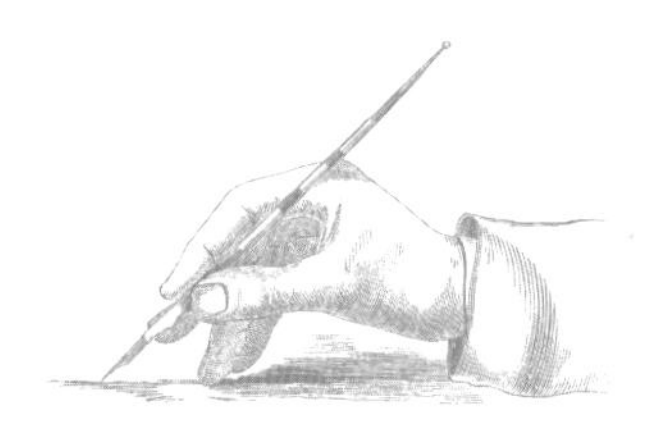

필사를 시작하는 나의 마음가짐 써보기

4th / 밀물

정끝별

가까스로 저녁에서야

두 척의 배가
미끄러지듯 항구에 닻을 내린다
벗은 두 배가
나란히 누워
서로의
상처에 손을 대며

무사하구나 다행이야
응, 바다가 잠잠해서

《흰 책》, 민음사, 2010

바닥에 정박해 있는 두 척의 배를 상상해봅니다. 오늘 하루를 잘 보냈노라고. 그래서 참 다행이라고. 서로 위로하는 배들이 외롭지만은 않은 것 같아 참 다행입니다.

______월 ______일 ______요일 수요詩식회

5th / 오월

피천득

오월은 금방 찬물로 세수를 한 스물한 살 청신한 얼굴이다.

하얀 손가락에 끼어 있는 비취가락지다.

오월은 앵두와 어린 딸기의 달이요, 오월은 모란의 달이다.

그러나 오월은 무엇보다도 신록의 달이다. 전나무의 바늘잎도 연한 살결같이 보드랍다. …(중략)…

신록을 바라다보면 내가 살아 있다는 사실이 참으로 즐겁다.

내 나이를 세어 무엇하리. 나는 오월 속에 있다.

연한 녹색은 나날이 번져 가고 있다. 어느덧 짙어지고 말 것이다, 머문 듯 가는 것이 세월인 것을. 유월이 되면 원숙한 여인같이 녹음이 우거지리라. 그리고 태양은 정열을 퍼붓기 시작할 것이다.

밝고 맑고 순결한 오월은 지금 가고 있다.

《인연》, 샘터, 2000

오월이 좋습니다. 좋은 것에 이유는 없어요. 그냥 오월이기에 좋아요. 오월이라는 단어도 예쁘고, 오월이라는 발음도 예뻐요. 피천득은 영문학자인데 시도 쓰고 수필도 쓰셨어요. 그의 표현대로 오월은 청신한 얼굴 같습니다. 오월을 그냥 보내고 계신가요? 유록빛에서 점점 더 짙어지는 나무 향기 맡으러 우리 함께 나가요.

_____월 _____일 _____요일 수요詩식회

6th / 나는 기쁘다

천양희

바람결에 잎새들이 물결 일으킬 때

바닥이 안 보이는 곳에서 신비의 깊이를 느꼈을 때

혼자 식물처럼 잃어버린 것과 함께 있을 때

사는 것에 길들여지지 않을 때

욕심을 적게 해서 마음을 기를 때

슬픔을 침묵으로 표현할 때

아무것도 원하지 않았으므로 자유로울 때

어려운 문제의 답이 눈에 들어올 때

무언가 잊음으로써 단념이 완성될 때

벽보다 문이 좋아질 때

평범한 일상 속에 진실이 있을 때

하늘이 멀리 있다고 잊지 않을 때

책을 펼쳐서 얼굴을 덮고 누울 때

나는 기쁘고

막차 기다리듯 시 한 편 기다릴 때

세상에서 가장 죄 없는 일이 시 쓰는 일일 때

나는 기쁘다

《새벽에 생각하다》, 문학과지성사, 2017

실컷 늘어지게 잔 후 기지개를 쭉 켤 때, 창을 열었는데 신선한 공기가 한가득 내 폐를 타고 들어갈 때, 시간 맞춰 딱 도착한 엘리베이터 그리고 딱 맞게 도착한 버스. 일상에서 느끼는 기쁨들. 그 기쁨들을 생각해보는 그 시간 또한 참 기쁜 일입니다.

_____월 _____일 _____요일 수요詩식회

7th / 아름다움

법정

그런데 아름다움은 누구에게 보이기 전에 스스로 나타나는 법이거든. 꽃에서 향기가 저절로 번져 나오듯. 어떤 시인詩人의 말인데, 꽃과 새와 별은 이 세상에서 가장 정결한 기쁨을 우리에게 베풀어준다는 거야. 그러나 그 꽃은 누굴 위해 핀 것이 아니고 스스로의 기쁨과 생명生命의 힘으로 피어난 것이래. 숲속의 새들도 자기의 자유스런 마음에서 지저귀고, 밤하늘의 별들도 스스로 뿜어지는 자기 빛을 우리 마음에 던질 뿐이란 거야. 그들은 우리 인간人間을 위한 활동으로서 그러는 것이 아니라, 오로지 자기 안에 이미 잉태된 큰 힘의 뜻을 받들어, 넘치는 기쁨 속에 피고 지저귀고 빛나는 것이래.

그러니까 아름다움은 안에서 번져 나오는 거다.

《무소유》, 범우사, 1999

겉보다 내면의 아름다움이 더 빛나는 법입니다. 숲속의 새들, 밤하늘의 별들….
본연의 역할에 충실할 때 그 아름다움은 자연스레 빛이 납니다.

____월 ____일 ____요일 수요詩식회

필사의 맛 | 감상

필사를 하는 것만으로도 의미 있지만,
거기서 한 걸음 더 나아가 짧게라도 느낌을 정리한다면
그것은 오롯이 나만의 기록장이 됩니다.

처음에는 한 문장씩 시작하고 다음에는 두 문장, 세 문장…
그렇게 늘려다가 보면 어느새 한 편의 감상문이 됩니다.

글을 쓰는 게 번거롭게 느껴질 때는
그림으로 표현해도 좋고,
스티커나 사진을 찍어 붙여봐도 좋습니다.

좋아하는 작품을 필사하고 감상 적어보기

8th / 호수

정지용

얼골 하나야
손바닥 둘로
폭 가리지만,

보고픈 마음
호수만 하니
눈 감을밖에.

《시문학사》, 1935

오른손잡이인 저는 가끔 왼손으로 필사합니다. 반대편 손으로 하는 필사는 참으로 특별합니다. 오른손의 소중함을 일깨워주고, 또 한편으로 왼손에게 살짝 미안한 마음도 듭니다. 삐뚤빼뚤한 왼손 글씨가 마치 어렸을 때 처음 연필을 쥐고 썼던 글씨 같아서 뭉클해지기도 합니다. 짧게라도 왼손으로 필사를 써봐야겠다 다짐해봅니다.

_____월 _____일 _____요일 수요詩식회

9th / 어느 보통날 협재리에서

리모 김현길

보아뱀의 실루엣을 떠올리게 하는
비양도의 모습 때문이었을까

아니면 관계에 지쳐 도망치듯
분주한 도시를 떠나왔기 때문이었을까

사막에서 만난 뱀이 어린왕자에게
건넸던 말이 나를 스쳤다

"사람들 틈에 섞여 있어도
외롭기는 마찬가지야"

어린왕자를 닮은
순수하고 투명한 파도가
발가락을 간지럽혔다

안겨 오는 푸른 파도에
잿빛 마음을 씻어냈다

《네가 다시 제주였으면 좋겠어》, 상상출판, 2021

제주가 우리나라라 참 다행입니다. 제주도가 없다면 아쉬움과 허전함은 무엇으로 메울 수 있을까요? 낯설어서 더 좋은 곳. 제주를 사랑하는 드로잉 작가의 그림책을 통해 제주 여행을 대신해봅니다.

_____월 _____일 _____요일 수요詩식회

10th / 속도, 그 수레바퀴 밑에서 나희덕

저녁 무렵 나는 한 나무 그늘 아래 오래오래 앉아 있었다. 유채밭 사이로 언뜻언뜻 보이는 농부들 말고는 모든 게 정지된 듯한 느낌이었다. 그렇게 모든 것을 다 내려놓고 앉아있어 보는 게 대체 얼마만인지… 나를 따라온 모든 속도가 그 그늘 아래에서 숨을 멈추고, 오랫동안 잊었던 또 하나의 내가 비로소 숨쉬기 시작하는 느낌이었다. 마치 내가 기대어 앉은 나무의 나이테가 처음 생겨나기 시작했을 때부터 거기 그렇게 앉아 있었던 것만 같았다.

지상의 모든 걸 녹여버릴 것 같던 뜨거움도 그 그늘 아래에선 천천히 식혀지고 있었다. "나무는 뜨거운 햇볕을 받지만 우리에게 서늘한 그늘을 준다. 우리는 무엇을 하는가?" 나무 그늘 아래 쉬고 있는 나에게 간디의 목소리가 들려왔다. 우리는 무엇을 하는가. 나는 무엇을 하는가… 나는 몇 번이나 그 말을 나직하게 되뇌어보았지만, 아무 대답도 할 수 없었다.

내 한 몸 쉴 그늘을 찾아다니며 살아왔을 뿐 스스로 누군가의 그늘이 되어주지 못한 내 모습이 거기서는 잘 보였다. 그동안 어디에도 존재하지 않았던 것 같은 느낌이 드는 것은 이리저리 그늘만 찾아다녔을 뿐 제 뿌리와 그늘을 갖지 못해서라는 걸 뒤늦게야 깨닫게 된다.

《반 통의 물》, 창비, 1999

"나무는 뜨거운 햇볕을 받지만 우리에게 서늘한 그늘을 준다. 우리는 무엇을 하는가?" 그늘만 찾아 그 아래 쉬려고만 한 내가 한없이 부끄러워집니다. 이제라도 누군가에게 그늘막이 돼줘야겠다고 생각해봅니다.

_____월 _____일 _____요일 수요詩식회

11th / 꽃 피는 해안선 · 여수 돌산도 향일암 김훈

산수유가 사라지면 목련이 핀다. 목련은 등불을 켜듯이 피어난다. 꽃잎을 아직 오므리고 있을 때가 목련의 절정이다. 목련은 자의식에 가득 차 있다. 그 꽃은 존재의 중량감을 과시하면서 한사코 하늘을 향해 봉우리를 치켜올린다. 꽃이 질 때, 목련은 세상의 꽃 중에서 가장 남루하고 가장 참혹하다. 누렇게 말라비틀어진 꽃잎은 누더기가 되어 나뭇가지에서 너덜거리다가 바람에 날려 땅바닥에 떨어진다. 목련꽃은 냉큼 죽지 않고 한꺼번에 통째로 툭 떨어지지도 않는다. 나뭇가지에 매달린 채, 꽃잎 조각들은 저마다의 생로병사를 끝까지 치러낸다. 목련꽃의 죽음은 느리고도 무겁다. 천천히 진행되는 말기 암 환자처럼, 그 꽃은 죽음이 요구하는 모든 고통을 다 바치고 나서야 비로소 떨어진다. 펄썩, 소리를 내면서 무겁게 떨어진다. 그 무거운 소리로 목련은 살아 있는 동안의 중량감을 마감한다. 봄의 꽃들은 바람이 데려가거나 흙이 데려간다. 가벼운 꽃은 가볍게 죽고 무거운 꽃은 무겁게 죽는데, 목련이 지고 나면 봄은 다 간 것이다.

《자전거 여행》, 문학동네, 2014

봄날 교정에 핀 목련을 보고 참 예쁘다 하였습니다. 너저분하게 떨어진 목련을 보고 참 지저분하다 했습니다. 자의식 가득 찬 화려한 목련과 암 환자처럼 참혹하게 죽어가는 목련이 우리에게 삶을 어떻게 살라 말해주는 것 같습니다.

_____월 _____일 _____요일 수요詩식회

필사한 것을 멋지게 찍어봅시다.

시에 맞는 배경과 함께라면 더욱 좋습니다!

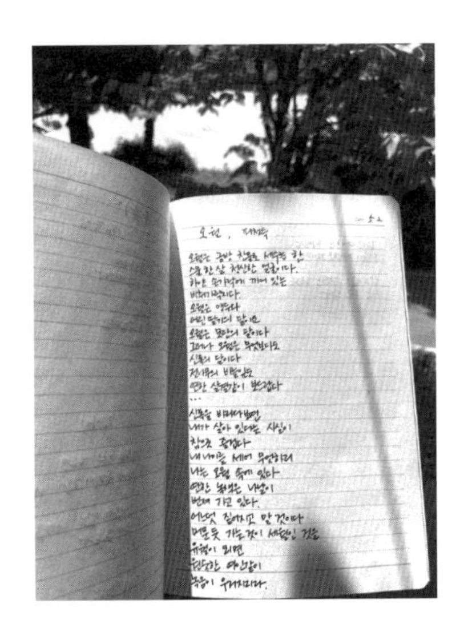

필사 사진 찍어보기

12th / 뿌리가 나무에게

이현주

네가 여린 싹으로 터서 땅속 어둠을 뚫고
태양을 향해 마침내 위로 오를 때
나는 오직 아래로
아래로 눈먼 손 뻗어 어둠 헤치며 내려만 갔다.

네가 줄기로 솟아 봄날 푸른 잎을 낼 때
나는 여전히 아래로
더욱 아래로 막힌 어둠을 더듬었다.

네가 드디어 꽃을 피우고
춤추는 나비와 벌과 삶을 희롱할 때에도
나는 거대한 바위에 맞서 몸살을 하며
보이지도 않는 눈으로 바늘 끝 같은 틈을 찾아야 했다.

어느 날 네가 사나운 비바람 맞으며
가지가 찢어지고 뒤틀려 신음할 때
나는 너를 위하여 오직 안타까운 마음일 뿐이었으나
나는 믿었다.
내가 이 어둠을 온몸으로 부둥켜안고 있는 한
너는 쓰러지지 않으리라고.

_____월 _____일 _____요일 수요詩식회

모든 시련 사라지고 가을이 되어

네가 탐스런 열매를 가지마다 맺을 때

나는 더 많은 물을 얻기 위하여

다시 아래로 내려가야만 했다.

잎 지고 열매 떨구고 네가 겨울의 휴식에 잠길 때에도

나는 흙에 묻혀 흙에 묻혀 가쁘게 숨을 쉬었다.

봄이 오면 너는 다시 영광을 누리려니와

나는 잊어도 좋다.

어둠처럼 까맣게 잊어도 좋다.

《뿌리가 나무에게》, 종로서적, 1989

드러나지 않지만 제 역할을 해주는 그 모든 것들에게 고마움을 전합니다. 그리고 보이지 않는 고마움을 찾아 표현할 수 있도록, 더 깊고 멀리 볼 수 있게 노력해보렵니다.

13th / 꽃나무

이상

벌판한복판에 꽃나무하나가있소. 근처近處에는 꽃나무가하나도없소. 꽃나무는제가생각하는꽃나무를 열심熱心으로생각하는것처럼 열심으로꽃을피워가지고섰소. 꽃나무는제가생각하는꽃나무에게갈수없소. 나는막달아났소. 한꽃나무를위爲하여 그러는것처럼 나는참그런이상스러운흉내를내었소.

《가톨릭청년》, 1933

이상은 만능 재주꾼이었습니다. 시인, 소설가 이외에도 건축을 공부한 건축가였고, '하융'이라는 필명으로 구보 박태원의 소설 연재에 삽화를 그리기도 했습니다. '제비 다방'을 운영한 카페지기에 패션 감각과 외모는 어땠고요? 경성에서 알아주는 '모던보이'이기도 했지요. 그러나 미인박명이라 했던가요? 슬프게도 고작 스물여섯이라는 이른 나이에 폐결핵으로 생을 마감했습니다. 그가 더 오랜 삶을 살았다면 우리는 더 멋진 작품들을 만날 수 있었을 테지요. 저는 이 시를 읽을 때마다 다양한 삶을 산 이상과 만나는 것 같습니다.

_____월 _____일 _____요일 수요詩식회

14th / 패랭이꽃

정습명

세상 사람들은 화려한 모란만 좋아해요

뜰에 가득 심고 정성껏 가꾸지요

그러나 거칠고 우거진 들판에

아름다운 풀꽃이 있는 걸 사람들은 알까요?

연못가 달빛 아래 고운 빛깔 뽐내고

나무 사이로 바람에 향기가 퍼지지만

한적한 시골에 찾는 사람 없어

늙은 노인만 좋아하는 그 꽃을요

世愛牡丹紅 栽培滿院中

誰知荒草野 亦有好花叢

色透村塘月 香傳隴樹風

地偏公子少 嬌態屬田翁

《동문선》 제9권

모란은 꽃 중의 왕으로 '화왕(花王)'이라 불리었습니다. 예로부터 많은 사람들에게 사랑받은 꽃이기도 하지요. 그러나 아름다운 꽃이 모란만 있을까요. 패랭이꽃을 아름답게 볼 줄 아는 시골 노인의 시선을 배우고 싶습니다. 들에 핀 이름 모를 들꽃 또한 아름답습니다. 그리고 제 역할을 해나갑니다. 무수히 많은 이름 모를 들꽃이지만 그 존재로도 가치롭습니다.

이 시를 쓴 정습명은 고려시대 문인입니다. 지금으로부터 천여 년 전에 지어진 이 시가 지금에도 공감이 가는 것은 우리가 사는 삶이 예나 지금이나 별반 다름없음을 보여줍니다.

_____월 _____일 _____요일 수요詩식회

필사의 맛 | 꽃과 나무의 시

한 떨기 겨울이 송이송이 피어나네

그윽하고 담백한 성품이 냉철하고 빼어나네

매화가 고상하다지만 뜰을 벗어나지 못하는데

맑은 물에서 해탈한 신선을 보게 되는구나

一點冬心朶朶圓 品於幽澹冷儁邊

梅高猶未籬庭砌 凊水眞看澥解仙

— 〈수선화〉, 김정희

◇◇◇◇◇

추사 김정희는 수선화에 대해 시와 글 여러 편을 남겼는데, 제주에 유배되었을 때 이른 봄 지천에 깔려 있는 수선화를 좋아했다고 합니다. 제주에서만 볼 수 있었던 수선화에 매력을 느꼈고 힘든 유배 생활에 기쁨을 주는 것 중의 하나였던 셈입니다.

꽃이나 나무 등 식물을 보면 기분이 좋아집니다. 그래서일까요? 시와 글들 중에서 '꽃'과 '나무'와 관련된 글들을 많이 만나게 됩니다. 오늘은 내가 좋아하는 꽃이나 나무를 소재로 한 작품을 찾아 필사해보는 시간을 가져보면 어떨까요?

꽃이나 나무, 자연을 소재로 한 시를 찾아 써보기

15th / 꽃

이육사

동방은 하늘도 다 끝나고

비 한 방울 나리쟎는 그 땅에도

오히려 꽃은 빨갛게 피지 않는가

내 목숨을 꾸며 쉬임 없는 날이여

북北쪽 툰드라에도 찬 새벽은

눈 속 깊이 꽃맹아리가 옴작거려

제비 떼 까맣게 날아오길 기다리나니

마침내 저버리지 못할 약속約束이여!

한 바다 복판 용솟음치는 곳

바람결 따라 타오르는 꽃 성城에는

나비처럼 취醉하는 회상回想의 무리들아

오늘 내 여기서 너를 불러보노라

《육사시집(陸史詩集)》, 서울출판사, 1946

지난해 경북 안동에 있는 이육사 문학관에 갔습니다. 그때 이육사 시인의 자제 분이기도 한 이옥비 관장님을 만났어요. 아버지의 시 중에서 가장 좋아하는 시가 '꽃'이라 하셨습니다. 이육사 시인의 유일한 혈육인 따님의 추천 시 덕분에 이육사 시인과 더 가까이 만나는 기분이 듭니다.

16th / 매화

김용준

연례로 나는 하고많은 화초를 심었습니다. 봄에 진달래와 철쭉을 길렀고 여름에 월계와 목련과 핏빛처럼 곱게 피는 달리아며 가을엔 울 밑에 국화도 심어보았고 겨울이면 내 안두案頭에 물결 같은 난초와 색시 같은 수선이며 단아한 선비처럼 매화분을 놓고 살아온 사람입니다. 철 따라 어느 꽃 어느 풀이 아름답고 곱지 않은 것이 있으리오마는, 한 해 두 해 지나는 동안 내 머리에서 모든 꽃이 다 사라져버렸습니다. 그러나 오히려 내 기억에서 종시 사라지지 않는 꽃 매화만이 유령처럼 내 신변을 휩싸고 떠날 줄을 모르는구료.
매화의 아름다움이 어디 있느뇨?
세인이 말하기를 매화는 늙어야 한다 합니다. 그 늙은 등걸이 용의 몸뚱어리처럼 뒤틀려 올라간 곳에 성긴 가지가 군데군데 뻗고 그 위에 띄엄띄엄 몇 개씩 꽃이 피는 데 품위가 있다 합니다.

《근원수필》, 을유문화사, 1948

모든 것이 젊을 때만 아름다운 건 아닌 것 같습니다. 품위 있는 매화처럼 나이 들수록 멋진 것들도 있으니까요. 나이 듦이 마냥 나쁜 것만은 아닌 듯합니다.
매화는 사군자 중 하나로 선비들이 매우 좋아했던 꽃입니다. 역경과 불의에 굴하지 않는 기상을 상징하는데요. 그래서 퇴계 선생이 그토록 사랑했는지 모르겠습니다. 매화와 관련해 백여 편 이상의 글들을 남겼다 하니까요.
전남 구례 화엄사에 가면 아주 오래된 홍매화와 백매화를 볼 수 있습니다. 화엄사 재건 당시에 심어서 사백 살로 추정됩니다. 내년 봄에는 나이 든 매화의 고고하고 품위 있는 모습을 보러 꼭 화엄사에 가봐야겠습니다.

_____월 _____일 _____요일 수요詩식회

17th / 우화의 강

마종기

사람이 사람을 만나 서로 좋아하면
두 사람 사이에 물길이 튼다.
한쪽이 슬퍼지면 친구도 가슴이 메이고
기뻐서 출렁이면 그 물살은 밝게 빛나서
친구의 웃음소리가 강물의 끝에서도 들린다.

처음 열린 물길은 짧고 어색해서
서로 물을 보내고 자주 섞여야겠지만
한 세상 유장한 정성의 물길이 흔할 수야 없겠지.
넘치지도 마르지도 않는 수려한 강물이 흔할 수야 없겠지.

긴말 전하지 않아도 미리 물살로 알아듣고
몇 해쯤 만나지 못해도 밤잠이 어렵지 않은 강,
아무려면 큰 강이 아무 의미도 없이 흐르고 있으랴.
세상에서 사람을 만나 오래 좋아하는 것이
죽고 사는 일처럼 쉽고 가벼울 수 있으랴.

큰 강의 시작과 끝은 어차피 알 수 없는 일이지만
물길을 항상 맑게 고집하는 사람과 친하고 싶다.
내 혼이 잠잘 때 그대가 나를 지켜보아주고
그대를 생각할 때면 언제나 싱싱한 강물이 보이는
시원하고 고운 사람을 친하고 싶다.

《그 나라 하늘빛》, 문학과지성사, 1996

_____월 _____일 _____요일 수요詩식회

필사의 맛 | 쉼

오늘은 독서도 필사도 건너뛰어봅니다.

창밖을 보며 멍을 때립니다.

쉬다가 쉬다가 쉬다가

…

그간 써온 필사와 사진을 찾아 한참을 들여다봅니다.

오늘은 '멍'을 때리며 3분만 쉬어볼까요?

18th / 해바라기의 비명碑銘 — 청년 화가 L을 위하여

함형수

나의 무덤 앞에는 그 차가운 빗돌을 세우지 말라.

나의 무덤 주위에는 그 노오란 해바라기를 심어 달라.

그리고 해바라기의 긴 줄거리 사이로 끝없는 보리밭을 보여 달라.

노오란 해바라기는 늘 태양같이 태양같이 하던 화려한 나의 사랑이라고 생각하라.

푸른 보리밭 사이로 하늘을 쏘는 노고지리가 있거든 아직도 날아오르는 나의 꿈이라고 생각하라.

《시인부락》, 시인부락사, 1936

자신의 무덤에 차가운 비석 대신 해바라기를, 끝없는 보리밭을 보여달라고 함으로써 죽음을 초월한 꿈과 열정을 보여주는 듯합니다. 이 시는 짧은 생애를 살다간 함형수 시인의 시입니다. 일제강점기 아픈 상황 속에서 해바라기가 주는 따뜻함이 오묘하게 느껴집니다. 나는 어떤 삶을 살고, 나의 비명엔 무엇을 새기게 될까요?

_____월 _____일 _____요일 수요詩식회

19th / 바다와 나비

김기림

아무도 그에게 수심水深을 일러준 일이 없기에
흰나비는 도무지 바다가 무섭지 않다.

청靑무우 밭인가 해서 내려갔다가는
어린 날개가 물결에 절어서
공주公主처럼 지쳐서 돌아온다.

삼월三月달 바다가 꽃이 피지 않아서 서글픈
나비 허리에 새파란 초생달이 시리다.

《여성(女性)》4월호, 1939

_____월 _____일 _____요일 수요詩식회

"엄마가 그러는데,
인생은 초콜릿 상자와 같은 거라 하셨어요.
어떤 초콜릿을 먹게 될 줄 모르니까요."
—〈포레스트 검프〉 中

"영화는 현실이 아니야.
현실은 영화보다 훨씬 혹독하고 잔인해.
그래서 인생을 우습게 봐선 안 돼."
—〈시네마 천국〉 中

◇◇◇◇◇

영화나 드라마 속 대사 한마디가 그대로 시가 되기도 합니다. 오늘은 제가 좋아하는 영화 〈포레스트 검프〉와 〈시네마 천국〉에서 감명 깊은 대사를 한 자 한 자 글로 써보았습니다. 이렇게 쓰고 보니 한 편의 시가 됩니다.

좋아하는 영화(드라마) 속 명대사 써보기

20th / 새벽밥

김승희

새벽에 너무 어두워
밥솥을 열어 봅니다
하얀 별들이 밥이 되어
으스러져라 껴안고 있습니다
별이 쌀이 될 때까지
쌀이 밥이 될 때까지 살아야 합니다

그런 사랑이 무르익고 있습니다

《흰 나무 아래의 즉흥》, 나남, 2014

밥솥의 뚜껑을 열고 보니 하얀 쌀밥이 보입니다. 사랑으로 결합된 밥알들이 서로 꼭 붙어 있습니다. 그 사랑이 뜨거워 김이 모락모락 피어납니다. 어두운 새벽의 밥은 마치 밤하늘의 별처럼 빛이 납니다. 어머니의 사랑도 빛이 나고 무르익습니다.

21st / 슬픈 환생

이운진

몽골에서는 기르던 개가 죽으면 꼬리를 자르고 묻어준단다
다음 생에서는 사람으로 태어나라고,

사람으로 태어난 나는 궁금하다
내 꼬리를 잘라준 주인은 어떤 기도와 함께 나를 묻었을까
가만히 꼬리뼈를 만져 본다
나는 꼬리를 잃고 사람의 무엇을 얻었나
거짓말할 때의 표정 같은 거
개보다 훨씬 길게 슬픔과 싸워야 할 시간 같은 거
개였을 때 나는 이것을 원했을까
사람이 된 나는 궁금하다

_____월 _____일 _____요일 수요詩식회

지평선 아래로 지는 붉은 태양과
그 자리에 떠오르는 은하수
양 떼를 몰고 초원을 달리던 바람의 속도를 잊고
또 고비사막의 밤을 잊고
그 밤보다 더 외로운 인생을 정말 바랐을까
꼬리가 있던 흔적을 더듬으며
모래언덕에 뒹굴고 있을 나의 꼬리를 생각한다
꼬리를 자른 주인의 슬픈 축복으로
나는 적어도 허무를 얻었으나
내 개의 꼬리는 어떡할까 생각한다

《타로카드를 그리는 밤》, 천년의 시작, 2015

이 시를 처음 접했을 때 매우 신선한 충격이었습니다. 나도 모르게 내 꼬리뼈를 만져봅니다. 사람으로 태어난 나는 잘 살고 있는지 생각해봅니다. 꼬리를 잃고 무엇을 얻었는지도요.

22nd / 시를 쓰듯

제이

평화로운 어느 날. 한 소년이 잔디 위에 앉아서 하늘을 올려다보며 끄적끄적. 사람과 나무를 바라보며 끄적끄적. 어떨 땐 불어오는 바람결에 눈을 감더니 무언가를 열심히 적는 모습을 내비쳤다. 나와는 거리가 있지만, 사각거리는 연필 소리가 어렴풋이 들렸다.
그런 소년이 자리에서 일어나 어느 부름에 반응한다. 작은 소년 곁으로 더 작은 소녀가 달려들자, 힘껏 안아 올린다. 소녀의 발이 1cm가량 떠서 하늘을 나는 모습. 하나의 세계가 또 다른 세계를 품는 것이 이토록 환할 줄이야.
시인은 타고난 사람. 목소리를 타고난 가수처럼 시인도 그렇다.
얇디얇은 살결을 가진 탓에 작은 슬픔에도 한없이 눈물짓고, 적은 기쁨에도 풍성한 미소를 지을 줄 아는 사람이다. 하지만 타고난 게 없다고 해서, 신춘문예 등단하지 못했다고 해서 시인이 될 수 없는 건 아니다.
우리는 누구도 아무나 될 수 있다.
시인이 별건가. 나와 다른 세상을 끌어안을 수 있다면 시인이지.
그 속에 깃든 마음이 흑심이 아니라, 한 문장 적어낼 수 있는 흑심이라면 시인일 테지. 저기 저 소년처럼 말이다.
뭐 하나 내새울 것 없는 나에게도 타고난 것이 있다.
나는 우리 엄마를 타고난 자식, 부모가 써 내려간 문장 아니겠는가.

《그 새벽 나폴리에는 비가 내렸다》, 2021

시인은 자신의 감정을 꾹꾹 눌러쓴 사람. 그래서 남들 앞에 서는 게 부끄러운 사람.
그래서 저는 시인을 동경합니다.

_____월 _____일 _____요일 수요詩식회

23rd / 각자 자기가 있을 자리에 있다

이자현

새의 즐거움은 깊은 숲에 있고 물고기의 즐거움은 깊은 물에 있지요. 물고기가 물을 사랑한다고 새까지 깊은 물로 데려갈 수 없습니다. 새가 숲을 사랑한다고 물고기를 숲으로 데려갈 수 없고요.
새가 새를 길러 숲의 즐거움에 맡기고, 물고기를 보고 물고기를 알아 강과 호수의 즐거움을 따르도록 해야 합니다. 하나의 물건도 있어야 할 곳에 있어야 하듯 모두가 각자 자기가 있을 자리에 있어야 합니다.

鳥樂在於深林 魚樂在於深水. 不可以魚之愛水 徒鳥於深淵. 不可以鳥之愛林 徒魚於深數. 以鳥養鳥 任之於林數之娛, 觀魚知魚 縱之於江湖之樂. 使一物不失其所 群情各得其宜.

《동문선》 제39권, 제이표(第二表) 중에서

임제 선사가 하신 말씀 중에 '수처작주 입처개진(隨處作主 立處皆眞)'이란 말이 있습니다. '어디를 가든지 주인이 되면 그곳이 참된 자리다'라는 뜻이지요. 종종 원치 않는 자리에 가게 되었을 때, 이 말이 왠지 위로가 될 것 같습니다. 그리고 그 자리가 내가 있을 자리다 생각하면 마음이 편할 것 같습니다. 어디에나 그 자리에 있어야 더 빛이 납니다.

_____월 _____일 _____요일 수요詩식회

필사의 맛 | 시 이어서 쓰기

아침의 새롭고 신선함을 좋아한다.

일찍 자고 일찍 일어나는 것을 좋아한다.

강가에 길게 늘어진 수양버들을 좋아한다.

바다보다는 초록 나무가 가득한 산을 좋아한다.

엄마의 따뜻한 집밥을 좋아한다.

단단한 햇과일보단 푹 익은 과일을 좋아한다.

조용한 산사에 들리는 풍경 소리를 좋아한다.

추운 어느 겨울밤 코로 들어오는 시원한 공기를 좋아한다.

삐뚤빼뚤하지만 정성스레 쓴 아이들의 글씨를 좋아한다.

◇◇◇◇◇

위의 시는 노벨문학상을 받은 폴란드 시인 비슬라바 쉼보르스카의 시에서 영감을 얻어, 이어 쓴 자작시입니다. '내가 좋아하는 것'을 나열했는데도 한 편의 시가 됩니다. 아침, 햇살, 나무, 시…. 저에게는 휴식과도 같은 것들이지요.

여러분도 좋아하는 것들을 나열하여 한 편의 시를 이어서 써보면 좋겠습니다.

시 이어 써보기

24th / 눈은 내리네

박용철

이 겨울의 아침을
눈은 내리네

저 눈은 너무 희고
저 눈의 소리 또한 그윽하므로

내 이마를 숙이고 빌까 하노라
임이여 설운 빛이
그대의 입술을 물들이나니
그대 또한 저 눈을 사랑하는가

눈은 내리어
우리 함께 빌 때러라

《신민(新民)》6월호, 신민사, 1927

눈이 내리면 좋았던 시간들이 있었습니다. 눈이 너무도 신기해 자세히 관찰하기도 했지요. 눈송이는 얼음의 결정체들이 서로 껴안고 있는데, 그 모양이 저마다 달라 똑같은 것이 없다고 합니다. 이번 겨울, 눈이 내리면 다시 눈 크게 뜨고 자세히 관찰해볼 겁니다. 겨울에 눈이 오면 할 일 하나가 늘었습니다.

_____월 _____일 _____요일 수요詩식회

25th / 가을

김현승

봄은
가까운 땅에서
숨결과 같이 일더니,

가을은
머나먼 하늘에서
차가운 물결과 같이 밀려온다.

꽃잎을 이겨
살을 빚던 봄과는 달리,
별을 생각으로 깎고 다듬어
가을은
내 마음의 보석(寶石)을 만든다.

눈동자 먼 봄이라면
입술을 다문 가을.

봄은 언어 가운데서
네 노래를 고르더니,
가을은 네 노래를 헤치고
내 언어의 뼈마디를
이 고요한 밤에 고른다.

《김현승시초》, 문학사상사, 1957

_____월 _____일 _____요일 수요詩식회

26th / 단풍

백석

빨간 물 짙게 든 얼굴이 아름답지 않으뇨

빨간 정 무르녹는 마음이 아름답지 않으뇨

단풍 든 시절은 새빨간 웃음을 웃고 새빨간 말을 지줄댄다

어데 청춘을 보낸 서러움이 있느뇨

어데 노사老死를 앞둘 두려움이 있느뇨

재화가 한끝 풍성하야 시월 햇살이 무색하다

사랑에 한창 익어서 살찐 띠몸이 불탄다

영화의 자랑이 한창 현란해서 청청 한울이 눈부셔 한다

시월 시절은 단풍이 얼굴이요, 또 마음인데 시월 단풍도 높다란 낭떠러지에 두서너 나무 깨웃듬이 외로이 서서 한들거리는 것이 기로다

시월 단풍은 아름다우나 사랑하기를 삼갈 것이니 울어서도 다하지 못한 독한 원한이 빨간 자주紫朱로 지지우리지 않느뇨

《여성(女性)》10월호, 1937

단풍이 가을의 절정이라면 낙엽은 가을의 결말이라 했던가요? 프랑스 작가 알베르 까뮈는 "가을은 모든 잎이 꽃이 되는 제2의 봄이다"라고 했습니다. 단풍이 꽃처럼 아름답지만, 단풍이 지고 나면 아쉽고 서운합니다. 단풍이 지기 전에 길상사에 가서 백석과 그의 연인 자야를 만나봐야겠습니다.

_____월 _____일 _____요일 수요詩식회

필사의 맛 | 낭송

빨랫줄에 두 다리를 드리우고

흰 빨래들이 귓속 이야기하는 오후,

쨍쨍한 칠월 햇발은 고요히도

아담한 빨래에만 달린다.

—〈빨래〉, 윤동주

◇◇◇◇◇

나무 사이로 바람이 지나가는 소리, 시냇물 흘러가는 소리, 풀벌레 우는 소리, 산새 우는 소리, 비가 떨어지는 소리. 모두 맑은 소리입니다. 그중에서 가장 좋은 소리는 글 읽는 소리라고 누군가 말했습니다. 필사한 시를 낭송하는 것은 또 다른 매력이 있습니다. 낭송은 눈으로 읽고 귀로 들을 수 있기 때문에 시를 더 잘 음미할 수 있지요.
배경음악을 골라 성우가 된 양 목을 골라 시를 낭송하면 더욱 특별해집니다. 저는 오늘 한여름의 파란 하늘을 보며, 윤동주의 〈빨래〉를 소리 내어 낭송해보았습니다.

좋아하는 시를 쓰고 낭송해보기

◆ 쉼休의 공간

◆ 쉼休의 공간

◆ 쉼休의 공간

◆ 쉼休의 공간

◆ 쉼休의 공간

27th / 풀잎

박성룡

풀잎은
퍽도 아름다운 이름을 가졌어요.
우리가 '풀잎' 하고 그를 부를 때는,
우리들의 입 속에서는 푸른 휘파람 소리가 나거든요.

바람이 부는 날의 풀잎들은
왜 저리 몸을 흔들까요.
소나기가 오는 날의 풀잎들은
왜 저리 또 몸을 통통거릴까요.

그러나 풀잎은
퍽도 아름다운 이름을 가졌어요.
우리가 '풀잎' '풀잎' 하고 자주 부르면,
우리의 몸과 마음도 어느덧
푸른 풀잎이 돼 버리거든요.

《풀잎》, 창비, 1998

풀밭에서 풀잎을 부르면 내가 풀잎이 되고 풀잎이 내가 되는 느낌이 듭니다. 이 시를 읽으면 유독 기분이 좋아지는 이유가 바로 여기에 있지 않을까요? '풀잎'을 자꾸 부르면 풀잎의 푸르름이 내 몸 안에 내 마음 안에 스며들어 나까지 푸르게 되는 신기한 기분. 필사하는데도 기분이 좋아집니다.

_____월 _____일 _____요일 수요詩식회

28th / 신록 예찬

이양하

어린애의 웃음같이 깨끗하고 명랑한 오월의 하늘, 나날이 푸르러 가는 이 산 저 산, 나날이 새로운 경이를 가져오는 이 언덕 저 언덕, 그리고 하늘을 달리고 녹음을 스쳐 오는 맑고 향기로운 바람 — 우리가 비록 빈한하여 가진 것이 없다 할지라도 우리는 이러한 때 모든 것을 가진 듯하고, 우리의 마음이 비록 가난하여 바라는 바 기대하는 바가 없다 할지라도, 하늘을 달리어 녹음을 스쳐 오는 바람은 다음 순간에라도 곧 모든 것을 가져올 듯하지 아니한가?

《신록 예찬》, 현대문학, 2009

싱그러운 신록을 보면 두 눈이 환하게 그려집니다. 눈으로 먹는 비타민이 있다면 바로 오뉴월의 신록이 아닐까 합니다. 책상에 앉아 있다면 잠시 멈추고 밖으로 나가보세요. 휴대폰 화면도 잠시 멈추고 꽃과 나무들을 바라보세요. 지금이 눈에게 주는 자연 영양제 시간입니다.

_____월 _____일 _____요일 수요詩식회

29th / 낙엽을 태우면서

이효석

벚나무 아래에 긁어모은 낙엽의 산더미를 모으고 불을 붙이면 속의 것부터 푸슥푸슥 타기 시작해서 가는 연기가 피어오르고 바람이나 없는 날이면 그 연기가 낮게 드리워서 어느덧 뜰 안에 가득히 담겨진다. 낙엽 타는 냄새같이 좋은 것이 있을까. 가제 볶아낸 커피의 냄새가 난다. 잘 익은 개암 냄새가 난다. 갈퀴를 손에 들고는 어느 때까지든지 연기 속에 우뚝 서서 타서 흩어지는 낙엽의 산더미를 바라보며 향기로운 냄새를 맡고 있노라면 별안간 맹렬한 생활의 의욕을 느끼게 된다. 연기는 몸에 배서 어느 결엔지 옷자락과 손등에서도 냄새가 나게 된다.

《조선문학독본》, 조선일보사, 1938

낙엽 타는 냄새가 느껴집니다. 단편소설 《메밀꽃 필 무렵》으로 우리에게 친숙한 이효석은 몇 편의 수필도 남겼는데, 개인적으로 이 작품이 좋습니다. 이 작품을 썼을 때, 이효석은 평양에서 대학 교수로 지냈는데, 가족들과 낙엽을 긁어모아 태우던 그때가 인생에서 가장 행복했던 때라고 합니다.

행복은 단순합니다. 그리고 가장 가까이에 있습니다. 이 글을 읽고 필사하는 지금이 참 행복합니다.

필사의 맛 | 산책

"최고의 약은 바로 걷는 것이다."

— 서양 의학의 아버지 히포크라테스

"좋은 약을 먹는 것보다 좋은 음식을 먹는 게 낫고,

좋은 음식을 먹는 것보다 걷는 게 더 좋다."

— 조선 최고의 한의학자 허준

◇◇◇◇◇

걷기. 걷는다는 것은 한쪽 다리는 하늘과 땅을 잇고, 반대편 다리는 새로운 시간과 공간을 향합니다. 필사를 마치고 걷기로 하루를 시작하거나 마무리하면 어떨까요? 멀리 갈 필요 없이 지금 있는 곳을 나서면 됩니다.

평소 즐겨 찾는 산책 장소에 대해 생각해보기

30th / 김 선비의 집을 찾아서 訪金居士野居 정도전

가을 산은 구름이 짙게 끼어 조용하고

낙엽이 소리 없이 온 산을 붉게 물들이네.

냇가에 말을 세우고 길을 물어보는데

내 몸이 그림 속에 있는 줄은 알지 못하네.

秋雲漠漠四山空 落葉無聲滿地紅

立馬溪橋問歸路 不知身在畵圖中

《동문선》 제22권

아름다운 풍경을 보면 마치 그림 같다는 표현을 합니다. 그런 그림 속에 내가 있어 하나가 된다고 생각하니 더 낭만적입니다. 옛글을 필사하며 옛 선인과 만나봅니다. 글을 읽는 것과는 너무 다른 깊이로 만나는 것 같습니다. 조선을 설계한 삼봉 정도전이 지은 시인데요. 가을이라는 그림. 오늘이라는 그림 속에 지금 우리가 서 있습니다.

_____월 _____일 _____요일 수요詩식회

31st 풀벌레들의 작은 귀를 생각함

김기택

텔레비전을 끄자

풀 벌 레 소 리

어둠과 함께 방 안 가득 들어온다

어둠 속에 들으니 벌레 소리들 환하다

별빛이 묻어 더 낭랑하다

귀뚜라미나 여치 같은 큰 울음 사이에는

너무 작아 들리지 않는 소리도 있다

그 풀벌레들의 작은 귀를 생각한다

내 귀에는 들리지 않는 소리들이 드나드는

까맣고 좁은 통로들을 생각한다

그 통로의 끝에 두근거리며 매달린

여린 마음들을 생각한다

_____월 _____일 _____요일 수요詩식회

발뒤꿈치처럼 두꺼운 내 귀에 부딪쳤다가
되돌아간 소리들을 생각한다
브라운관이 뿜어낸 현란한 빛이
내 눈과 귀를 두껍게 채우는 동안
그 울음소리들은 수없이 나에게 왔다가
너무 단단한 벽에 놀라 되돌아갔을 것이다
하루살이들처럼 전등에 부딪쳤다가
바닥에 새카맣게 떨어졌을 것이다
크게 밤공기 들이쉬니
허파 속으로 그 소리들이 들어온다
허파도 별빛이 묻어 조금은 환해진다

《풀벌레들의 작은 귀를 생각함》, 지식을만드는지식, 2015

여린 존재들에 대해 생각하는 시간.

32nd / 검색이 아니라 사색이다

이어령

컴퓨터나 스마트폰으로
생활하는 요즘 젊은이들은
사색하지 않고 검색을 합니다.

숙제도 검색으로 하고,
친구와 밥 먹을 곳도 검색으로 찾고,
검색하지 않으면
쇼핑도 사랑도 못 합니다.

그러나 저녁노을을 보는 감동,
새가 날아가는 경이로움,
마른 가지에서 꽃이 피는 기적을
검색해보세요.

사랑하는 사람 앞에서 뛰는 심장을
심전도로 측정할 수 없듯이
죽음의 슬픔
삶의 기쁨을
검색해보세요.
…(하략)…

《짧은 이야기 긴 생각》, 시공미디어, 2014

빠르고 쉽게 가는 게 익숙한 세상입니다. 그러나 천천히 어렵게 가는 것도 필요하지요. 검색보다는 사색을. 그리고 필사와 산책을. 내 삶이 건강으로 가는 가장 빠른 길입니다.

_____월 _____일 _____요일 수요詩식회

33rd / '책'보다 '冊' 이태준

책冊만은 '책'보다 '冊'으로 쓰고 싶다. '책'보다 '冊'이 더 아름답고 더 '책'답다.

책은, 읽는 것인가? 보는 것인가? 어루만지는 것인가? 하면 다 되는 것이 책이다. 책은 읽기만 하는 것이라면 그건 책에게 너무 가혹하고 원시적인 평가다. 의복이나 주택은 보온만을 위한 세기世紀는 벌써 아니다. 육체를 위해서도 이미 그렇거든 하물며 감정의, 정신의, 사상의 의복이요 주택인 책에 있어서랴! 책은 한껏 아름다워라, 그대는 인공으로 된 모든 문화물 가운데 꽃이요 천사요 또한 제왕이기 때문이다.

물질 이상인 것이 책이다. 한 표정 고운 소녀와 같이, 한 그윽한 눈매를 보이는 미망인처럼 매력은 가지가지다. 신간란에서 새로 뽑을 수 있는 잉크 냄새 새로운 것은, 소녀라고 해서 어찌 다 그다지 신선하고 상냥스러우랴! 고서점에서 먼지를 털고 겨드랑 땀내 같은 것을 풍기는 것들은 자못 미망인다운 함축미인 것이다.

《무서록》, 박문서관, 1941

성북동 수연산방에 가면 이태준 작가의 집을 볼 수 있습니다. 글을 좋아하고 책을 좋아했던 그의 모습에서 새삼 책의 소중함을 느껴봅니다. 당시 더 소중하고 귀했을 책. 책이 넘치는 세상에 살고 있는 우리에게 생각해볼 수 있는 시간을 줍니다.

_____월 _____일 _____요일 수요詩식회

닭 개 짐승조차도 꿈이 있다고

이르는 말이야 있지 않은가,

그러하다, 봄날은 꿈꿀 때

내 몸에야 꿈이나 있으랴,

아아 내 세상의 끝이여,

나는 꿈이 그리워, 꿈이 그리워.

—〈꿈〉, 김소월

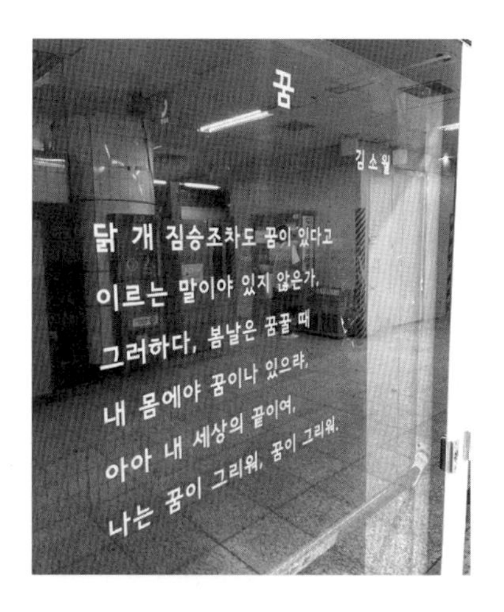

◇◇◇◇◇

주변을 둘러보니, 가까이에 시가 있었습니다. 시를 만나러 떠나는 시시한 여행. 함께하시죠!

지하철이나 공원에서 만난 시 필사해보기

34th / 어린이 찬미

방정환

어린이가 잠을 잔다. 내 무릎 앞에 편안히 누워서 낮잠을 달게 자고 있다. 별 좋은 첫여름 조용한 오후이다.

고요하다는 고요한 것을 모두 모아서, 그중 고요한 것만을 골라 가진 것이 어린이의 자는 얼굴이다. 평화平和라는 평화 중에 그중 훌륭한 평화를 골라 가진 것이 어린이의 자는 얼굴이다. 아니, 그래도 나는 이 고요한, 자는 얼굴을 잘 말하지 못하였다. 이 세상에 고요하다는 고요한 것은 모두 이 얼굴에서 우러나는 것 같고, 이 세상의 평화라는 평화는 모두 이 얼굴에서 우러나는 듯싶게 어린이의 잠자는 얼굴은 고요하고 평화롭다.

고운 나비의 날개…, 비단결 같은 꽃잎, 이 세상에 곱고 보드럽다는 아무것으로도 형용形容할 수 없이 보드랍고 고운, 이 자는 얼굴을 들여다보아라. 그 서늘한 두 눈을 가볍게 감고, 이렇게 귀를 기울여야 들릴 만큼 가늘게 코를 골면서 편안히 잘 자는, 이 좋은 얼굴을 들여다보아라.

《신여성》4월호, 1924

세상에 모든 아이는 예쁩니다. 아이들을 보면 평온하고 행복해지지요. 그들이 곧 우리의 미래입니다. 이 글을 필사하며 더 좋은 어른이 돼야겠다 생각해봅니다.

_____월 _____일 _____요일 수요詩식회

35th / 그 사람을 가졌는가

함석헌

만리길 나서는 날
처자를 내맡기며
맘 놓고 갈 만한 사람
그 사람을 그대는 가졌는가

온 세상 다 나를 버려
마음이 외로울 때에도
'저 맘이야' 하고 믿어지는
그 사람을 그대는 가졌는가

탔던 배 꺼지는 시간
구명대 서로 사양하며
'너만은 제발 살아다오' 할
그 사람을 그대는 가졌는가

불의의 사형장에서
'다 죽어도 너희 세상 빛을 위해
저만은 살려두거라' 일러줄
그 사람을 그대는 가졌는가

잊지 못할 이 세상을 놓고
떠나려 할 때
'저 하나 있으니' 하며
빙긋이 웃고 눈을 감을
그 사람을 그대는 가졌는가

온 세상의 찬성보다도
'아니' 하고 가만히 머리 흔들
그 한 얼굴 생각에
알뜰한 유혹을 물리치게 되는
그 사람을 그대는 가졌는가

《수평선 너머》, 한길사, 2009

누군가에게 나는 그런 사람이 되었는가? 살포시 생각해봅니다.

36th / 세종어제훈민정음

세종

나라의 말이 중국과 달라 문자(한자)와 서로 통하지 아니하므로 이런 까닭으로 어리석은 백성들이 이르고자 할 바가 있어도 마침내 제 뜻을 능히 펴지 못하는 사람이 많노라.
내가 이를 위해 가엽게 여겨 새로 스물여덟 자를 만드니 사람마다 하여금 쉽게 익혀 날마다 쓰는 것이 편안하게 하고자 할 따름이니라.

《월인석보》 제1권, 세종어제훈민정음, 세종대왕기념관 소장 언해본

전 세계 7천여 개의 언어 중에서 오직 '한글'만이 만든 사람이 있고, 만든 날짜가 있고, 만든 이유가 있다는 사실. 그래서 유네스코가 세계문화유산으로 지정했습니다. 필사를 하는 과정에서 다양한 표현 방법과 어휘를 통해 우리말이 참 멋지고 아름답다 느꼈습니다. 새삼 고맙고 우리에게 한글이 있다는 것이 큰 자부심으로 다가옵니다. 우리 모두는 세계가 인정한 '보물'입니다. 한글을 말하고, 쓰고, 읽고, 듣기를 매일매일 하니까요!

_____월 _____일 _____요일 수요詩식회

필사의 맛 | 명언 1

겸손은 사람을 머물게 하고 칭찬은 사람을 가깝게 하고,
넓음은 사람을 따르게 하고 깊음은 사람을 감동케 한다.

— 다산 정약용

내가 가치 있는 발견을 했다면,
다른 능력이 있어서라기보다는
참을성 있게 관찰한 덕분이다.

— 아이작 뉴턴

◇◇◇◇◇

정약용이 쓴《목민심서》에 나오는 글의 한 구절과 근대 과학의 선구자 아이작 뉴턴이 한 말입니다. 위인이 남긴 명언을 쓰면서 그들의 생각과 발자취를 따르며, 삶의 지혜를 모아봅니다.

나의 마음에 와닿는 명언을 찾아 써보기

37th / 세한도

김정희

공자는 "날이 차가워진 뒤에야 소나무와 잣나무의 푸르름을 안다"고 하셨습니다. 소나무와 잣나무는 사시사철 지지 않지요. 날이 춥기 전에도 하나의 소나무와 잣나무이고, 날이 찬 후에도 하나의 소나무와 잣나무입니다. 그러나 공자는 오직 날이 찬 이후를 칭찬했습니다.
지금 그대가 나를 대하는 것이 유배 전이라고 더 잘하지도 않았고, 이후라고 해서 더 못하지도 않았습니다. 그러나 전의 그대는 칭찬할 게 없지만 이후의 그대는 성인의 칭찬을 들을 만합니다. 성인께서 유달리 칭찬하신 것은 단지 추운 겨울을 겪고도 꿋꿋이 푸르름을 지키는 소나무와 잣나무의 굳은 절조만을 위함이 아니었습니다. 역시 추운 겨울을 겪듯 어떤 역경을 보시고 느끼신 바가 있어서입니다.

孔子曰 歲寒然後 知松栢之後凋 松栢是貫四時而不凋者 歲寒以前一松栢也 歲寒以後一松栢也 聖人特稱之於歲寒之後.
今君之於我 由前而無加焉 由後而無損焉, 然由前之君 無可稱 由後之君 亦可見稱於聖人也耶 聖人之特稱, 非徒爲後凋之貞操勁節而已 亦有所感發於歲寒之時者也.

〈세한도(歲寒圖)〉 자제(自題) 중에서

추사 김정희가 제주도로 유배를 가고도 제자였던 이상적은 스승에게 수시로 책을 보냈다고 합니다. 그 덕에 추사는 책을 볼 수 있었다 하지요. 나무들이 여름엔 다 초록초록하지만 겨울이 되면 잎이 떨어지고 잣나무와 소나무만 푸르릅니다. 그제야 소나무와 잣나무의 존재를 알 수 있지요. 당시엔 잘 느끼지 못하지만 지난 후에 소중함을 알게 되는 경우가 있습니다. 주변을 더 자세히 살펴봐야겠습니다. 그리고 더 많은 표현을 해야겠습니다.

_____월 _____일 _____요일 수요詩식회

38th / 늙은 꽃

문정희

어느 땅에 늙은 꽃이 있으랴

꽃의 생애는 순간이다

아름다움이 무엇인가를 아는 종족의 자존심으로

꽃은 어떤 색으로 피든

필 때 다 써 버린다

황홀한 이 규칙을 어긴 꽃은 아직 한 송이도 없다

피 속에 주름과 장수의 유전자가 없는

꽃이 말을 하지 않는다는 것은

더욱 오묘하다

분별 대신

향기라니

《지금 장미를 따라 — 문정희 시선집》, 민음사, 2016

필 때 힘을 다 써버리는 꽃. 힘들 법도 한데 향기를 내뿜습니다. 어찌 늙은 꽃이 있을까요? 어디선가 향긋한 꽃향기가 불어오는 것 같습니다.

_____월 _____일 _____요일 수요詩식회

39th / 오래된 기도

이문재

가만히 눈을 감기만 해도
기도하는 것이다.

왼손으로 오른손을 감싸기만 해도
맞잡은 두 손을 가슴 앞으로 모으기만 해도
말없이 누군가의 이름을 불러주기만 해도
노을이 질 때 걸음을 멈추기만 해도
꽃 진 자리에서 지난 봄날을 떠올리기만 해도
기도하는 것이다.

음식을 오래 씹기만 해도
촛불 한 자루 밝혀놓기만 해도
솔숲 지나는 바람 소리에 귀 기울이기만 해도
갓난아기와 눈을 맞추기만 해도
자동차를 타지 않고 걷기만 해도

_____월 _____일 _____요일 수요詩식회

섬과 섬 사이를 두 눈으로 이어주기만 해도
그믐달의 어두운 부분을 바라보기만 해도
우리는 기도하는 것이다.
바다에 다 와가는 저문 강의 발원지를 상상하기만 해도
별똥별의 앞쪽을 조금 더 주시하기만 해도
나는 결코 혼자가 아니라는 사실을 받아들이기만 해도
나의 죽음은 언제나 나의 삶과 동행하고 있다는
평범한 진리를 인정하기만 해도

기도하는 것이다.
고개 들어 하늘을 우러르며
숨을 천천히 들어 마시기만 해도

《지금 여기가 맨 앞》, 문학동네, 2014

몰랐습니다. 우리는 늘 기도하며 살고 있다는 것을요.
한결 모두의 바람과 소망이 다 이루어질 것 같습니다.

40th / 돌에

함민복

송덕문도
아름다운 시 구절도
전원가든이란 간판도
묘비명도
부처님도
파지 말자

돌에는
세필 가랑비
바람의 획
육필의 눈보라
세월 친 청이끼

덧씌울 문장 없다
돌엔
부드러운 것들이 이미 써놓은
탄탄한 문장 가득하니

돌엔

돌은

읽기만 하고

뾰족한 쇠 끝 대지 말자

《말랑말랑한 힘》, 문학세계사, 2022

자연 그대로의 모습을 지키며, 돌조차 손대지 말자는 시인의 마음에 제 마음도 보태어봅니다. 앞으로 돌에 새겨진 시비(詩碑)를 만나면 속상할 것 같습니다.

41st / 묘한 존재

이희승

사람이란 대체 묘한 존재이다. 이 세상에 태어난 것이 우선 묘하고, 어디서 왔는지, 어디로 가는지, 무엇 때문에 사는지도 모르고 살아가는 것이 묘하고, 그러면서도 무엇을 생각하려고 하는 것이 묘하고, 백인백색百人百色으로 얼굴이나 성미가 다 각각 다른 것이 또한 묘하다. 모르면 약이요 아는 게 병인데도, 아는 체하는 것이 묘하고, 뛰는 놈 위에 나는 놈이 있건마는, 다 뛰려고 하는 것이 묘하다. …(중략)…
산속에 있는 열 놈의 도둑은 곧잘 잡아도, 제 마음속에 있는 한 놈의 도둑은 못 잡는 것이 사람이요, 열 길 물속은 잘 알 수 있어도, 한 길 사람의 속은 모른다더니, 십 년을 같이 지내도 그런 줄은 몰랐다는 탄식을 발하게 하는 것이 사람이란 것이다.

《딸깍발이 정신-이희승 수필집》, 지성문화사, 1986

그래서 사람이고, 사람이라서 그렇겠지요. 국어학자인 동시에 '딸깍발이' 등 수많은 수필을 남긴 이희승 선생님의 글을 읽으면 삶의 지혜를 느끼게 됩니다. 다른 수필을 찾아 읽고 필사하고 싶습니다.

_____월 _____일 _____요일 수요詩식회

필사의 맛 | 명언 2

There is nothing like dream to create the future.

Utopia today, flesh and blood tomorrow.

—Victor-Marie Hugo

미래를 창조하기 위해서 꿈만한 것은 없다.

오늘의 유토피아는 내일의 실제가 된다.

— 빅토르 마리 위고

◇◇◇◇◇

빅토르 위고는 프랑스의 문학가입니다. 위의 글은《레 미제라블(Les Miserables)》에 나오는 한 구절로, 학생들이 또는 제 자신이 지치고 힘들어서 앞이 막막할 때 소리 내어 읽는 글입니다. 오늘은 나를 힘나게 하거나 나를 즐겁게 하는 글을 찾아 써보세요. 이 또한 필사의 새로운 맛이 됩니다.

명언을 찾아 써보기

42nd / 덜 채워진 그릇

조남명

그릇 전체가 비어 있으면
흔들어도
소리가 안 난다
속이 가득 채워진 그릇도
소리가 새지 않는다

소리가 나는 것은
그릇 속에
무엇인가 조금이 들어 있을 때다

사람도 똑같다
아는 것이
아주 없는 사람은 말이 없다
또, 많이 알고 있는 사람도 말이 적다

말이 많은 사람은
무엇을 어설프게
조금 알고 있는 사람이다
그런 사람이 언제나 요란하다

《봄은 그냥 오지 않는다》, 이든북, 2018

'담박명지 영정치원(澹泊明志 寧靜致遠)'이란 말이 있습니다. 담백해야 뜻을 밝힐 수 있고, 차분하고 조용해야 먼 곳에 도달할 수 있다는 뜻이지요. 시끄러우면 뭐든 탈이 납니다.

_____월 _____일 _____요일 수요詩식회

43rd / 사랑하는 너에게 장영희

《실낙원》을 쓴 밀턴은 "얼마나 오래 사느냐가 중요한 것이 아니라 얼마나 잘 사느냐가 중요하다"고 말했지만, 나도 네게 실망스럽지 않도록 '잘' 살았다고 자신 있게 말할 수는 없다. 그래도 "삶은 해답 없는 질문이지만 그래도 그 질문의 위엄성과 중요성을 믿기로 하자"는 테네시 윌리엄스의 말처럼 우리의 삶은 낭비하기에는 너무나 소중하다. 하루하루의 삶은 버겁지만 "삶이 주는 기쁨은 인간이 맞닥뜨리는 모든 고통과 역경에 맞설 수 있게 하고, 그것이야말로 삶을 가치 있게 만드는 것이다"라고 서머싯 몸은 말한다. …(중략)…
《정글북》의 작가 러디야드 키플링은 "네가 세상을 보고 미소 지으면 세상은 너를 보고 함박웃음 짓고, 네가 세상을 보고 찡그리면 세상은 너에게 화를 낼 것이다"라고 했다. 너의 아름다운 신념, 너의 꿈, 야망으로 이 세상을 보고 웃어라.
꿈을 가져라. 네가 갖고 있는 꿈이 이루어질 가능성이 설사 1%뿐이라고 해도 꿈을 가져라. "불가능을 꿈꾸는 사람을 나는 사랑한다"는 괴테의 말을 되새겨라. 결국 우리네 모두의 삶은 이리저리 얽혀 있어서, 공존의 아름다움을 추구할 때에야 너의 삶이 더욱 빛나고 의미 있다는 진리도 가슴에 품어라.

《문학의 숲을 거닐다》, 샘터, 2022

제자를 아꼈던 선생 장영희의 모습이 느껴지는 글입니다. 교사로서 아이들에게 어떤 말을 전해줄 수 있을까 생각해봅니다.

_____월 _____일 _____요일 수요詩식회

44th / 사랑을 무게로 안 느끼게

박완서

아이들은 예쁘다. 특히 내 애들은. 아이들에게 과도한 욕심을 안 내고 바라볼수록 예쁘다.
제일 예쁜 건 아이들다운 애다. 그다음은 공부 잘하는 애지만 약은 애는 싫다. 차라리 우직하길 바란다.
활발한 건 좋지만 되바라진 애 또한 싫다.
특히 교육은 따로 못 시켰지만 애들이 자라면서 자연히 음악·미술·문학 같은 걸 이해하고 거기 깊은 애정을 가져주었으면 한다.
커서 만일 부자가 되더라도 자기가 속한 사회의 일반적인 수준에 자기 생활을 조화시킬 양식을 가진 사람이 되기를. 부자가 못 되더라도 검소한 생활을 부끄럽게 여기지 않되 인색하지는 않기를. 아는 것이 많되 아는 것이 코끝에 걸려 있지 않고 내부에 안정되어 있기를. 무던하기를. 멋쟁이이기를.
대강 이런 것들이 내가 내 아이들에게 바라는 사람됨됨이다.
그렇지만 이런 까다로운 주문을 아이들에게 말로 한 일은 전연 없고 앞으로도 할 것 같지 않다.

《꼴찌에게 보내는 갈채》, 한양출판, 1994

'음악·미술·문학을 이해하고 애정하기를'이란 글귀에 밑줄을 그어봅니다. 박완서의 다른 글들을 필사할 생각입니다.

_____월 _____일 _____요일 수요詩식회

45th / 아버지의 지정석

김수환

아버지는 늘 앞좌석을 고집하시었다.

앞좌석은 아버지의 지정석이었다.

아들 운전하는 거 방해하지 말고

뒷좌석에서 편히 주무시고 가시라는

어머니 핀잔에도

굳이 앞좌석 고수하시는지는

딱 뜨인 전망이 좋아서란다.

훤하게 보이니 개안하다 하신다.

오늘도 아버지는 운전하는 아들보다

앞좌석에 먼저 자리하시었다.

그러고는 운전석 물끄러미 바라보더니

운전석 위에 놓인 방석을 쓰다듬으면서

폭 눌러앉은 앞과 뒤를 돌려놓으셨다.

아버지는 늘 앞좌석에 앉아

세상 구경하시기를 좋아하시었는데

세상으로 나가는 시동과 함께

고개를 자동으로 꾸벅꾸벅거리셨다.

쏟아지는 졸음과 교차되는 세상만사

그러다가도 뜬금없이 고개를 들어

운전하는 아들 곁눈으로 쓰윽 바라보다가

다시 고개를 수직으로 꾸벅거리셨다.

이제는 노인의 얼굴을 한 아버지를 보며, 김수환 시인의 시를 떠올렸습니다. 그 마음이 지금 나의 마음과 같아, 조용히 필사를 해봅니다.

_____월 _____일 _____요일 수요詩식회

46th / 엄마야 누나야

김소월

엄마야 누나야 강변 살자,

뜰에는 반짝이는 금모래 빛,

뒷문 밖에는 갈잎의 노래

엄마야 누나야 강변 살자.

《진달래꽃》, 매문사, 1925

김소월을 좋아합니다. 그의 시는 우리말의 아름다움이 잘 나타나게 표현했고 리듬감이 있으며, 머릿속으로 장면들이 잘 떠오릅니다.

_____월 _____일 _____요일 수요詩식회

필사의 맛 | 동요

가자가자 감나무 오자오자 옻나무
가다보니 가닥나무 오자마자 가래나무
한자 두자 잣나무 다섯 동강 오동나무
십리 절반 오리나무 서울 가는 배나무
너하구 나하구 살구나무 아이 업은 자작나무
앵도라진 앵두나무 우물가에 물푸레나무
낮에 봐도 밤나무 불 밝혀라 등나무
목에 걸려 가시나무 기운 없다 피나무
꿩의 사촌 닥나무 텀벙텀벙 물오리나무
그렇다고 치자나무 깔고 앉아 구기자나무
이놈 대끼놈 대나무 거짓말 못해 참나무
빠르구나 화살나무 바람 솔솔 솔나무
…(하략)…

◇◇◇◇◇

어렸을 때 불렀던 다양한 동요들이 있습니다. 그중에 전해 내려오는 다양한 전래동요가 있지요. 〈가자가자 감나무〉, 이 노래는 '나무노래'라 불리기도 하는데 노래 속에 다양한 나무들이 등장합니다. 지역별로 노랫말이 조금 다르기도 하지만, 나무에 붙인 다양한 표현들이 재미있어 필사하면 기분이 좋아집니다.

어릴 적 즐겨 부르던 동요의 노랫말 써보기

47th / 성장

박수경

키도 컸으니 엄마 한번 안아드리고

몸무게도 늘었으니 아빠 한번 업어드리고

마음도 단단해졌으니 아픔도 이겨내보고

배움도 많아졌으니 삶을 두려워하지 말고

그렇게 성장하는 거

《끄적이행시》, 북크루, 2022

키와 몸무게만 자란다고 다가 아닙니다. 마음이 단단해진다고 다가 아닙니다. 그것을 옳은 방향으로 가치롭게 쓸 수 있을 때, 우린 성장했다고 할 수 있습니다. 그런데 아이들이 변했다고 합니다. 변한다는 것은 성장한다는 것. 간섭보다는 조용히 지켜보며 어른들은 응원해주기. 그건 무관심이 아닌 진정한 관심의 표현입니다.

_____월 _____일 _____요일 수요詩식회

48th / 조용한 일

김사인

이도 저도 마땅치 않은 저녁

철 이른 낙엽 하나 슬며시 곁에 내린다

그냥 있어볼 길밖에 없는 내 곁에

저도 말없이 그냥 있는다

고맙다

실은 이런 것이 고마운 일이다

《가만히 좋아하는》, 창비, 2006

나 혼자라 여겨져 몹시 외롭게 느껴진 날. 생각해보면 혼자가 아니었네요. 문득 내 주변의 사소한 것들이 떠오릅니다. 그리고 새삼 고맙게 느껴집니다. 조용해서, 그래서 잘 알지 못했던 것들.

_____월 _____일 _____요일 수요詩식회

49th 사랑하는 까닭

한용운

내가 당신을 사랑하는 것은 까닭이 없는 것이 아닙니다.
다른 사람들은 나의 홍안만을 사랑하지마는 당신은 나의 백발도 사랑하는 까닭입니다.

내가 당신을 그리워하는 것은 까닭이 없는 것이 아닙니다.
다른 사람들은 나의 미소만을 사랑하지마는 당신은 나의 눈물도 사랑하는 까닭입니다.

내가 당신을 기다리는 것은 까닭이 없는 것이 아닙니다.
다른 사람들은 나의 건강만을 사랑하지마는 당신은 나의 죽음도 사랑하는 까닭입니다.

《님의 침묵》, 회동서관, 1926

좋아하는 데 이유가 없듯이 사랑하는 데도 이유가 없습니다. 그냥 사랑하기 때문입니다. 독립운동가이자 수도승이요, 사상가였던 만해 한용운은 뛰어난 시인이기도 했습니다. 사랑을 주제로 연애시를 남긴 만해 한용운. 그의 굵직한 업적에 가리어져 열정적 사랑의 로맨틱함을 몰라본 것 같습니다.

_____월 _____일 _____요일 수요詩식회

50th / 지란지교를 꿈꾸며

유안진

저녁을 먹고 나면 허물없이 찾아가, 차 한잔을 마시고 싶다고 말할 수 있는 친구가 있었으면 좋겠다. 입은 옷을 갈아입지 않고 김치 냄새가 좀 나더라도 흉보지 않을 친구가 우리 집 가까이에 있었으면 좋겠다. 비 오는 오후나 눈 내리는 밤에 고무신을 끌고 찾아가도 좋을 친구, 밤 늦도록 공허한 마음도 마음 놓고 보일 수 있고, 악의 없이 남의 이야기를 주고받고 나서도 말이 날까 걱정되지 않는 친구. 사람이 자기 아내나 남편, 제 형제나 제 자식하고만 사랑을 나눈다면 어찌 행복해질 수 있으랴. 영원이 없을수록 영원을 꿈꾸도록 서로 돕는 진실한 친구가 필요하리라.

《지란지교를 꿈꾸며》, 서정시학, 2011

너무나 유명한 글입니다. '지란지교(芝蘭之交)'는 《명심보감》에서 나오는 성어로 '지초'와 '난초'의 사귐을 말합니다. 둘은 향기로운 식물로 알려져 있는데요. 둘이 만나면 더 좋은 향기가 나니 너무도 좋은 만남이라 할 수 있겠어요. 좋은 친구란 어떤 사이일까요? 지란지교를 꿈꿔봅니다.

_____월 _____일 _____요일 수요詩식회

필사의 맛 | 소설

산골에, 가을은 무르녹았다.
아름드리 노송은 빽빽히 늘어박혔다. 무거운 송낙을 머리에 쓰고 건들건들. 새새이 끼인 도토리, 벚, 돌배, 갈잎 들은 울긋불긋. 잔디를 적시며 맑은 샘이 쫄쫄거린다. 산토끼 두 놈은 한가로이 마주 앉아 그 물을 할짝거리고. 이따금 정신이 나는 듯 가랑잎은 부수수, 하고 떨린다. 산산한 산들바람. 귀여운 들국화는 그 품에 새뜩새뜩 넘논다. 흙내와 함께 향긋한 땅김이 코를 찌른다. 요놈은 싸리버섯, 요놈은 잎 썩은 내, 또 요놈은 송이—아니, 아니 가시넝쿨 속에 숨은 박하풀 냄새로군.
응칠이는 뒷짐을 딱 지고 어정어정 노닌다. 유유히 다리를 옮겨놓으며 이 나무 저 나무 사이로 호아든다. 코는 공중에서 벌렸다 오므렸다 연신 이러며 훅, 훅. 구붓한 한 송목 밑에 이르자 그는 발을 멈춘다. 이번에는 지면에 코를 얄이 갖다 대고 한 바퀴 비잉, 나물 끼고 돌았다.
'—아하, 요놈이로군!'

—《만무방》, 김유정

◇◇◇◇◇

《조선일보》, 1935
시와 산문을 필사하지만 내가 좋아하는 소설의 한 부분을 찾아 필사하는 것도 큰 매력입니다. 더 용기를 내 소설 전체를 필사해보는 것도요. 도전!

내가 좋아하는 소설의 한 장면 써보기

51st / 묵화 墨畵

김종삼

물 먹는 소 목덜미에

할머니 손이 얹혀졌다.

이 하루도

함께 지났다고,

서로 발잔등이 부었다고,

서로 적막하다고,

《십이음계》, 삼애사, 1969

할머니와 소의 모습이 한 장면으로 기억됩니다. 혼자보다는 함께. 하루를 함께 이겨낸 곁에 있는 누군가에게 토닥여주고 싶습니다. 그리고 고맙다고도 말하고 싶습니다.

_____월 _____일 _____요일 수요詩식회

◇ 시의 느낌을 그림으로 옮겨보세요.

52nd / 어쩌면 너는

황경신

어쩌면 너는

네 인생에 이미 많은 일들이 일어난 거라고 생각하지

아직 여름이 한창이지만

너의 마음은 여태 겪어본 적 없는

가을의 언저리를 떠돌기도 하고

한겨울의 거리에 내몰린 기분이 된 적도 있었을 거야

뼛속으로 파고드는 추위를 잊기 위해

일부러 큰 소리로 웃거나 소리를 지르는 너를 본 사람도

아마 한두 명쯤은 있었겠지

어쩌면 너는

너무 많은 것들이 너무 자주 변한다는 생각과

또 어떤 것들은 생이 끝날 때까지

결코 변하지 않을 것 같다는 생각에 사로잡혀

절망이라는 벼랑에 서서

무구하고 잔인한 바다를 내려다보았을지도 몰라

그러나 단 하나 버릴 수 없는 것이 있어

조금만 더 걸어보자고

조금만 더 움직여보자고 스스로를 부추기며

한숨 같은 심호흡을 몇 번이나 반복했을 거야

_____월 _____일 _____요일 수요詩식회

어쩌면 너는
너무 오랫동안 사랑을 기다려왔다고 중얼거리는 밤을
수없이 보냈을 테지
가까이 끌어다 곁에 두고 싶은 사람도 있었을 거야
하지만 꽃이 피고 또 지는 것처럼
바람이 불어오고 또 불어가는 것처럼
네 속에서 고개를 내밀었다가 스르르 시들어가는 그 감정을
미처 사랑이라 부를 수는 없었겠지

어쩌면 너는
성급하고 체할 것 같은 복잡한 관계로부터 달아나
홀로 겨울의 심장에 이르는 것도
썩 나쁘진 않을 거라 생각하지
응시할수록 점점 희미해지는 사랑을 향해
나쁜 말을 퍼부으면서 말이야

하지만 그건
사랑이 그만큼 너에게 무겁기 때문이지
네가 하필이면 그런 사랑을 원하기 때문이지

그러니 어쩌면 너는
아무도 모르는 사이에
남몰래 사랑을 위한 모든 준비를 마친 걸지도 몰라
불면의 밤들을 고스란히 통과하고
유혹의 눈웃음을 외면하고
섣불리 심장을 꺼내 보이지 않았으며

모든 옳은 것들에 대한 존경과
모든 영원한 것들에 대한 경외를
한시도 멈추지 않았으니까

네가 원하는 사랑은 어디에 있을까
그것을 알지 못하여
너는 온 세상의 모퉁이를 서성이지
그러나 정말로 이상하게도
네가 보았다고 생각하는 사랑의 얼굴은
두서없이 흔적 없이 서둘러 사라져버리고 말지
그때 너는 문득 걸음을 멈추고
생각할 거야

그저 이 자리에 가만히 서서
사랑을 기다리는 것이
어쩌면 가장 현명한 일일지도 모르겠다고

그래, 그런 이유로
나는 간혹 너의 눈빛에서
기다리는 사람이 감추고 있는 깊은 우물을 발견하지
끝이 보이지 않는 그 우물은
무척이나 검고 푸르러
마치 아무것도 존재하지 않는 밤과 같아

그리고 아주 가끔

예기치 않은 바람에 의해

섬세하고 불안한 물결이 갈라질 때의 풍경이

얼마나 아름답고 위험한지

너는 결코 모르고 있을 거야

그렇게 너는

네 인생에서 아직 단 한 번도 일어나지 않은 어떤 일을

기다리고 있겠지

그러니까 어쩌면

내가 그러하듯이

《밤 열한 시》, 소담출판사, 2013

어쩌면 우리는 마치 모든 것을 다 안다고 생각하며 살아갈지도. 그래서 쉽게 속상해하고 아파할지도. 하지만 인생은 길고 멀리 내다봐야 하는 것. 그래서 힘을 내고 더 멋지게 살아가기를.

사람이 삶이 되고, 삶이 사람이 되기에.

지금까지 50여 편의 시와 글을 필사하였습니다.
열심히 달려온 나에게 칭찬을 보냅니다.

그동안 필사한 시와 글을 다시 한번 읽어보고,
내가 기록한 글들을 천천히 살펴봅니다.
그때의 마음과 지금 마음도 살펴봅니다.
웃길 수도 있고, 오글거릴 수도 있어요.
그러나 지나간 것은 지나간 대로 의미가 있습니다.

자, 꾸준히 실천한 나에게 보상도 빠질 수 없지요!
오늘은 특별히 더 맛있는 커피와 케이크를 드셔보세요.
아니면 내가 좋아하는 음식도 좋습니다.

그리고 내가 좋아하는 시나 소설의 한 구절,
혹은 좋아하는 작가의 글을 필사해보세요.

더불어 그것을 좋아하게 된 계기나 기억을
돌아보는 시간을 가져보면 어떨까요?

◆ 쉼休의 공간

◆ 쉼休의 공간

◆ 쉼休의 공간

◆ 쉼休의 공간

◆ 쉼休의 공간

- 강은교, '나무가 말하였네', 《등불 하나가 걸어오네》, 문학동네, 1999
- 권대웅, '햇빛이 말을 걸다', 《조금 쓸쓸했던 생의 한때》, 문학동네, 2003
- 김기림, '바다와 나비', 《여성(女性)》 4월호, 1939
- 김기택, '풀벌레들의 작은 귀를 생각함', 《풀벌레들의 작은 귀를 생각함》, 지식을만드는지식, 2015
- 김사인, '조용한 일', 《가만히 좋아하는》, 창비, 2006
- 김소월, '엄마야 누나야', 《진달래꽃》, 매문사, 1925
- 김수환, '아버지의 지정석', 미발간 시
- 김승희, '새벽밥', 《흰 나무 아래의 즉흥》, 나남, 2014
- 김용준, '매화', 《근원수필》, 을유문화사, 1948
- 김정희, 〈세한도〉의 자제(自題)
- 김종삼, '묵화(墨畵)', 《십이음계》, 삼애사, 1969
- 김현승, '가을', 《김현승시초》, 문학사상사, 1957
- 김훈, '꽃 피는 해안선 · 여수 돌산도 향일암', 《자전거 여행》, 문학동네, 2014
- 나희덕, '속도, 그 수레바퀴 밑에서', 《반 통의 물》, 창비, 1999
- 리모 김현길, '어느 보통날 협재리에서', 《네가 다시 제주였으면 좋

겠어》, 상상출판, 2021

- 마종기, '우화의 강', 《그 나라 하늘빛》, 문학과지성사, 1996
- 문정희, '늙은 꽃', 《지금 장미를 따라 — 문정희 시선집》, 민음사, 2016
- 박성룡, '풀잎', 《풀잎》, 창비, 1998
- 박수경, '성장', 《끄적이행시》, 북크루, 2022
- 박완서, '사랑을 무게로 안 느끼게', 《모래알만 한 진실이라도》, 세계사, 2022
- 박용철, '눈은 내리네', 《신민(新民)》, 신민사, 1927
- 방정환, '어린이 찬미', 《신여성》 4월호, 1924
- 백석, '단풍', 《여성(女性)》 10월호, 1937
- 법정, '아름다움', 《무소유》, 범우사, 1999
- 세종, 《월인석보》 제1권, 세종어제훈민정음, 세종대왕기념관 소장 언해본
- 유안진, '지란지교를 꿈꾸며', 《지란지교를 꿈꾸며》, 서정시학, 2011
- 이문재, '오래된 기도', 《지금 여기가 맨 앞》, 문학동네, 2014
- 이상, '꽃나무', 《가톨릭청년》, 1933
- 이양하, '신록 예찬', 《신록 예찬》, 현대문학, 2009

- 이어령, '검색이 아니라 사색이다', 《짧은 이야기 긴 생각》, 시공미디어, 2014
- 이운진, '슬픈 환생', 《타로카드를 그리는 밤》, 천년의시작, 2015
- 이육사, '꽃', 《육사시집(陸史詩集)》, 서울출판사, 1946
- 이자현, '각자 자기가 있을 자리에 있다', 《동문선》 제39권
- 이태준, '책'보다 '冊', 《무서록》, 박문서관, 1941
- 이현주, '뿌리가 나무에게', 《뿌리가 나무에게》, 종로서적, 1989
- 이효석, '낙엽을 태우면서', 《조선문학독본》, 조선일보사, 1938
- 이희승, '묘한 존재', 《딸깍발이 정신 – 이희승 수필집》, 지성문화사, 1986
- 장영희, '사랑하는 너에게', 《문학의 숲을 거닐다》, 샘터, 2022
- 제이, '시를 쓰듯', 《그 새벽 나폴리에는 비가 내렸다》, 2021
- 전혜린, 《그리고 아무 말도 하지 않았다》, 민서출판사, 2002
- 정끝별, '밀물', 《흰 책》, 민음사, 2010
- 정도전, '김 선비의 집을 찾아서(訪金居士野居)', 《동문선》 제22권
- 정습명, '패랭이꽃(石竹花)', 《동문선》 제9권
- 정지용, '호수', 《시문학사》, 1935
- 조남명, '덜 채워진 그릇', 《봄은 그냥 오지 않는다》, 이든북, 2018

- 천양희, ‘나는 기쁘다’, 《새벽에 생각하다》, 문학과지성사, 2017
- 피천득, ‘오월’, 《인연》, 샘터, 2000
- 한용운, ‘사랑하는 까닭’, 《님의 침묵》, 회동서관, 1926
- 함민복, ‘돌에’, 《말랑말랑한 힘》, 문학세계사, 2022
- 함석헌, ‘그 사람을 가졌는가’, 《수평선 너머》, 한길사, 2009
- 함형수, ‘해바라기의 비명(碑銘) – 청년 화가 L을 위하여’, 《시인부락》, 시인부락사, 1936
- 황경신, ‘어쩌면 너는’, 《밤 열한 시》, 소담출판사, 2013

필사, 함께 해요! 수요詩식회

시는 마음의 위로가 되어주고 힘이 나게 해줍니다.
시는 생각에 여유를 넣어주고, 잠시 나를 돌아보게 합니다.
입시에 힘들어하는 아이들에게 마음의 위안을 주고자
시 필사를 수업으로 들여왔습니다.
좋아하는 아이들의 모습을 보고,
주변 동료 및 지인들과 함께 해보기로 했습니다.
좋은 것은 나누는 거라고 엄마는 말씀하였습니다.

'수요詩식회'는 그렇게 시작되었습니다.
우리는 월, 수, 금요일 주 3회
하나의 글을 함께 필사하고 느낌을 나눕니다.
필사한 내용을 온라인에서 인증합니다.
같은 글을 나누지만 느낌은 각기 다릅니다.
서로가 서로에게 격려도 해주고 필사의 긍정적 자극도 받습니다.

수요詩식회 인스타그램
@poem_pilsa

수요詩식회 네이버밴드
[필사모임]

밀물, 정끝별

가까스로 저녁에서야

두 척의 배가
미끄러지듯 항구에 닻을 내린다
벗은 두 배가
나란히 누워
서로의
상처에 손을 대며

무사하구나 다행이야
응, 바다가 잠잠해서

〈흰 책〉, 민음사, 2010

엄마야 누나야, 김소월

엄마야 누나야, 강변 살자
뜰에는 반짝이는 금모래 빛
뒷문 밖에는 갈잎의 노래
엄마야 누나야 강변 살자

성장

키도 컸으니 엄마 한 번 안아드리고
몸무게도 늘었으니 아빠 한 번 업어드리고

마음도 단단해졌으니 아픔도 이겨내고
배움도 많아졌으니 삶을 [illegible] 않고

그렇게 성장하는 거

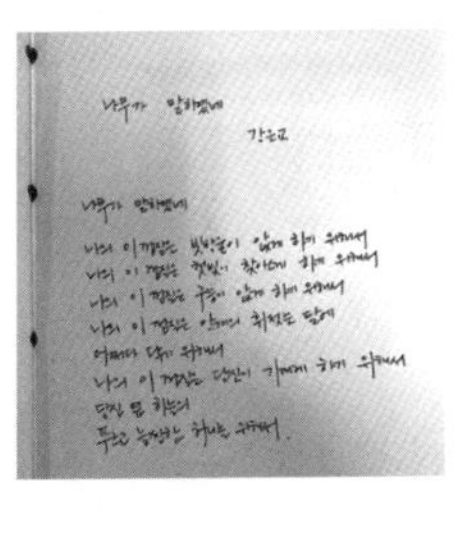

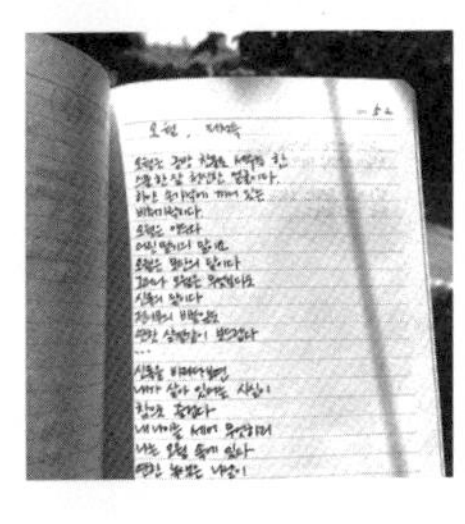

늙은 꽃, 문정희

어느 땅에 늙은 꽃이 있으랴
꽃의 생애는 순간이다
아름다움이 무엇인가를 아는 종족의 자존심으로
꽃은 어떤 색으로 피든
필 때 다 써 버린다
황홀한 이 규칙을 어긴 꽃은 아직 한 송이도 없다

피 속에 주름과 장수의 유전자가 없는
꽃이 말을 하지 않는다는 것은
더욱 오묘하다

분별 대신
향기라니

〈다산의 처녀〉, 민음사, 2010

필사 후기

책을 읽을 시간과 여유가 갈수록 줄어들고 있습니다. 그런 참에 필사 모임에 참여하면서 혼자 집중할 수 있는 순간과 마음을 다듬을 수 있는 시간을 가질 수 있었습니다.

좋은 글을 따라 쓰면서 내 것으로 스며들 수 있었다. 따라 읽으면서 쓰는 동안 기초적인 문법과 맞춤법, 띄어쓰기에 신경 쓰기 시작했다.

손이 아파서 투덜거리기도 하지만 다 하고 나면 나도 모르는 성취감을 느낍니다. 그리고 어떤 부분이 좋았는지 내가 쓴 부분을 다시 되새기면서 한 번 더 읽게 되고 그 느낌도 적어보게 됩니다. 유익한 시간입니다.

나 혼자가 아닌 여러 사람들과 같이 하나의 글을 같이 필사하면서 시간과 공간을 공유하며 교감한다는 것이 무엇보다 고마웠다. 그리고 하나의 작품을 다양하게 바라보는 시선을 통해 다른 분들의 감상도 기다려진다.

내가 혼자 읽는 글의 세계에 벗어나 다양한 장르의 작품을 접하게 되어 무엇보다 좋습니다. 그리고 함께하는 분들과의 연대감을 통해 사람 사는 것이 다 거기서 거기구나, 나 혼자만 그런 게 아니구나, 하는 안도와 위안을 받게 됩니다.

공감하는 좋은 글들을 필사하며 오롯이 글에 집중하는 시간이 좋았습니다. 힐링의 시간이 때로는 반성과 다짐의 시간이 되기도 했어요.

방대한 양을 필사해야 한다 생각하고 늘 필사가 부담스러웠는데, 시 한 편, 짧은 글 등 하다 보니 글쓰기에 대한 부담이 사라졌습니다. 그리고 몰랐던 소소한 지식을 알아가는 것은 덤이었어요.

손으로 무엇을 써본다는 것이 얼마만인가! 정독을 하면서 글씨를 반듯하게 쓰는 습관을 가지고 손의 힘을 키울 수 있었다. 무엇보다 손 글씨를 다시 쓰는 기회가 되어 너무 좋았다.

필사를 통해 무엇보다 책에 대한 관심이 많아졌어요. 그리고 함께하는 분들과의 소통으로 저마다의 다양성을 쉽게 받아들이게 되었습니다.